天地之间，火
如同飘忽不定的幽灵
在空间，在每一个角落里
存在
沉静的时候
它只是一块石头
一块煤
抑或是一堆干柴
醒来的时候
则是席卷乾坤的烈焰
使山崩地裂的巨浪
让人类欢呼雀跃的骄子……

——题 记

红色岁月丛书

烟雨安源

YANYUANYUAN

肖麦青 著

江西人民出版社
Jiangxi People's Publishing House
全国百佳出版社

图书在版编目(CIP)数据

烟雨安源 / 肖麦青著.—南昌:江西人民出版社,2014.7
ISBN 978-7-210-06486-2

Ⅰ.①烟… Ⅱ.①肖… Ⅲ.①散文集-中国-当代
Ⅳ.①I267

中国版本图书馆 CIP 数据核字(2014)第 129891 号

烟雨安源

肖麦青 著

责任编辑:魏如祥
出　　版:江西人民出版社
发　　行:各地新华书店
地　　址:江西省南昌市三经路 47 号附 1 号
编辑部电话:0791-86898980
发行部电话:0791-86898801
邮　　编:330006
网　　址:www.jxpph.com
E-mail:27867090@qq.com　web@jxpph.com
2014 年 7 月第 1 版　2014 年 7 月第 1 次印刷
开　　本:787 × 1092 毫米　1/16
印　　张:12.75
字　　数:176 千
ISBN 978-7-210-06486-2
赣版权登字—01—2014—263

定　　价:26.00 元
承 印 厂:江西千叶彩印有限公司
赣人版图书凡属印刷、装订错误,请随时向承印厂调换

目录

自序 1
悲怆英雄路 1
逐臣梦 13
徘徊张公祠 32
兰花之祭 49
撞那自由之钟 68
『你的眼睛充满忧虑』 84
1927，秋季的枪声…… 106
忠诚与壮烈 127
倾听白马的嘶鸣 145
『保镖』轶事 153
蹈火者 162
山里，一座墓地的传说 175
安源之秋 179
贴近于火的感怀 182
黑地里飘扬的红领巾 186
后记 190

自 序

也许,很多朋友会问我:你的笔怎么老是沉湎于上世纪,甚至上上世纪的这块土地,那些与这块土地有关的人,那些陈年往事?

我想,与其说是一种难舍的情结,不如说是想寻求历史的拷问;与其说是缠绵的缅怀,不如说是对先驱发自内心的敬重。在很长一段时间里,我只要闭上眼睛,那块因盛产煤炭而乌黑发亮的地方,历经百年的所有的一切都似乎有了灵魂,让我不得不认真审视他们,倾听他们的声音。

这是一种情感的纠结。这种纠结的缘由,应该追溯到几十年前。

上世纪七十年代初,“文化大革命”还没有结束,我应宣传部门的召集,与当地几名“笔杆子”开始了对安源这块“红土地”的记述和宣传,完成了由上海人民出版社约稿的一部有关安源工运的通俗读物写作。由于时代的局限,那段历史在我们的笔下扭曲着。而在当时,这似乎是很自然、再正常不过的事情。

只是,几十年过去,这种曾经的“扭曲”却令我越来越感到不安,就像欠下了一笔历史的旧债,必须如数偿还才能得到心灵的安慰。

于是,它成了我的一桩沉甸甸的挥之不去的心事。

几年前,我决定以人物纪实散文的形式来完成这样一个“还债”的夙愿,我开始重新面对这块叫做“安源”的地方,重新面对一段段风起云涌的历史和一个个有肉有血的人物。

这是一座已经延续了很久的、曾经弥漫着近代工业气息的百年老矿。这块黑得发亮,也红得耀眼的土地,一直被称为南方的一块圣地。它既是立志“实业救国”的人们精心开垦的一块宝地、中国近代工业发祥地之一,也是中国现代史上革命先驱探求民族解放的一块实验地、中国工运的策源地。也许正是如此,我每一次步入总会伴随着震撼和感悟;而每一次离开就会有新的迷惑和新的追问。

我的思绪开始再次穿越历史。

在朦胧的烟雨中,一个个过去的背影像走马灯似的出现在我的眼前。那些在历史的泥沼中徘徊踟蹰的背影,那些在风雨中艰难前行的背影,那些被阳光照耀或者被夜幕笼罩的背影,那些在电闪雷鸣中仍不知躲闪的背影……迎我而来,又离我而去。在这众多的背影中,有曾名动公卿、一生跌宕起伏的晚清名士,有叱咤风云、揭竿造反的草莽英雄,有筚路蓝缕、栉风沐雨的煤矿拓荒者,有为劳动者的命运呐喊疾呼的青年领袖,还有为信仰而生的普通战士……或高大、或瘦小,或激昂、或沉默,或大笑、或哭泣。众多的背影交织出一幅幅惊心动魄的画面,以独有的姿态延续着可贵的精神和生命,以丰富的表情给世人提供无穷的想象。透过他们的表情去诠释一段段历史,那些已成为标本的历史便多了几分血肉,几分内涵,当然也多了几分沉重。

历史正像一面镜子,越是久远越能够看出本来的面目。

如果我们能够超越时空,从某一个高处来观瞻这些历史人物,何尝不能发现让我们感动的精神内涵。一个人就是一个世界,是有血有肉的,绝非僵化的历史符号,每个人物都可以用生命诠释一段历史。我试图摆脱历史的成见,跨过“阶级”这个简单的分类,走近那些亲手创造着圣地的先驱,掂量他们所做的一切,我的眼前便闪现出无限开阔的天空。于是,一个个有着不同个性,不同或者相同精神追求的人,在眼前清晰起来、生动起来。

安源,就是在这众多背影的映衬下走向神圣和崇高。

经一个多世纪的挖掘,这里的煤已近枯竭。但在这块土地上仍然遗留下太多的宝藏。只要想想一百年来在这里发生的如此丰富、如此惊心动魄的故事,想想从这块土地上走出的无数不同凡响的人物,就可以想象出这块土地有何等的魅力。

其实,圣地不仅是由历史人物创造的,也是后来者在心中构建起来的,而构建的基础,就是对历史的怀念和对杰出者的崇拜。于是,圣地也就成了观照人们心灵的一面镜子。记得很多年前,我曾经为此写过一首诗,以表达对这块圣地的一种特殊的感觉:

一个灰暗的灵魂
能否走近这个地方?
同样
一颗颓靡的心
能否靠近这个地方?

我相信,一切有良知的人来到这里,面对这块让人肃然起敬的圣地,都会一遍遍叩问自己的灵魂,清扫心灵深处的那些已被世俗玷污的东西。这里,足以让纯洁者变得更为纯洁,让丑恶者无地自容。

于是,我在诗的最后写道:

一个灰暗的灵魂
偷偷离开了这个地方

一颗颓靡的心

在远处惶恐地张望这个地方……

我想，这就是这块土地赋与的精神力量，也许，这正是信仰的力量。

肖麦青

于 2013 年 10 月 1 日

悲怆英雄路

一

当拖着镣铐的满是血痕的身躯在牢房里“当啷当啷”走出，赣西阴冷的寒气就让他全身打个冷噤。他如同狮子般在吼：

“妈的，快给老子拿酒来！”

浓重的湖南湘潭口音，仍是抑扬顿挫、掷地有声，连房顶上的瓦片也仿佛被震得“哗哗”作响。

其实他知道，这嘶喊根本无济于事。此时，他是个朝廷“钦犯”、“乱党”、一个竟敢跟大清王朝“叫板”的死囚。他再也不是那个“喝得风雨动”的“王”，也不是那个有数千人马的会党头目。他已是虎落平川，只是还不失虎威。

他的双眼总是在逼视着对方，手指的骨节不时在“咯咯”作响。连审讯他的朝廷命官，双眼一碰到这凛凛汉子，心里也会不由打个寒战，生出几分胆怯。

或许因鞭伤的疼痛而清醒，因斑斑的血迹而激愤。他知道，这是在萍乡县署的死牢。他被关押在此已是一天一夜,他闻到了一股浓浓的血腥味和逼人的杀气。像一只被关在笼中的猎豹,在狭小的牢房里窜来窜去。他感觉到死期已经不远,他的拳头不时击打着牢房的铁栅,不时在空中挥舞,一种强烈的仇恨交织着悔恨袭上心头。

这名犯人名叫肖克昌。

从我所接触的历史资料中,关于他的介绍都只有寥寥几笔,他的生平简略得没有出生日,只有殉难时。没有任何人的回忆可以说出他是长得什么样子,只知道他是湖南湘潭人,曾在湘军中服过役,后久居萍乡,在安源煤矿任矿工领班,早年参加会党,是哥老会回龙山首领马福益属下的头目之一……

而如今,他这头雄狮已经被关在笼中,虽然狱吏们也知道,他们的呵斥终究压不下他的咆哮,只有等他累了,困了,才会稍稍安静下来。

可谁也不知道,安静下来的他心头仍在翻腾着巨浪,他只要想起几天前发生的一切,就会引来一声长叹。叹他的那支几千人的队伍如今成了一盘散沙,叹一场惊天动地的起义,出师未捷作为首领便深陷牢笼;叹他一时轻信,中了“圈套”,招致杀身之祸……

“肖克昌!”随着狱吏的呼叫,牢门“咣当”打开。肖克昌心里明白,他的死期已经到了。

二

这是丙午年(1906)年末,寒气逼人的赣西萍乡。囚车在不平的石子路上晃荡而行。

他没有想到会是这样的结局。一个曾叱咤风云的会党头领,如今竟要身首异处。他不甘地环顾四周,路边的人们正惊恐、麻木地看着他,看着一个行将死去的人,就像看一场与他们无关的大戏,似乎有些同情和怜悯,但却没有多少愤怒和不平。而这时的他，就如同老戏里的一个“角”，面对着街头的观众，他尽量把头昂得高些，亮出一个视死如归的架势。他要在生命最后的时刻告诉所有人：我“老龙王”绝不是孬种！

“老山主啊，我随你来了！”

他突然想起几年前被官府斩杀的山主马福益，这可是个顶天立地的汉子，值得敬重的大英雄啊！

马福益是他的老乡，早年参加哥老会，后被推为首领，不但长得魁梧彪悍，还读过几年私塾，以侠义著称于乡。1891 年他创立回仑山，拥为首领，于是开堂放票，招收党徒，势力遍于醴陵、湘潭、浏阳各地。1904 年，华兴会会长黄兴派刘道一与马福益联络，晓以反清民族大义，望他举起反清大旗，他慨然效命，商定当年十月初十，也就是慈禧 70 岁寿辰那天在长沙揭竿起义，岂料内部有人告密，起义流产，马福益逃到广西。他仍不甘心，第二年又潜回湖南，准备再次发动起义，此一回竟成不归路。因为运送枪械的船只在沅水被清兵截获，起义不战而败。他只好转往湘东联络旧部，以图再起。然而在劫难逃，刚到萍乡车站时就被清兵发现，终因寡不敌众被捕，解送省城后在狱中备受酷刑，坚不招供。遇难时刚刚 40 岁……

“革满人的命，为汉人复仇，我一人杀头，有四万万同胞接着起来，我死而无怨！”老山主慷慨赴死前喊出的那几句话至今还在耳畔“当当”作响。而此时的肖克昌也是一副英雄相，怒眼圆睁的目光里透出一股杀气。

马福益死后，其所部奉肖克昌为首领，号称“老龙王”，他发誓要为老山主报仇雪恨。他身边啸集的六千之众，大都是湘赣边界一带的矿工，都先后入了哥老会，只需肖克昌振臂一呼，方圆百几十里便可风生水起。

时值光绪三十二年(1906)，他觉得“揭竿”报仇的日子到了。

这年，湖北、湖南大旱，颗粒无收，米贵如珠。四川东南部、湖南北部，皆陷饥馑。尤以湘、赣两省接壤之萍乡、醴陵、浏阳等数县为甚。安源煤矿工人因减工和米贵，生活无着，对地方官吏，深为不满，而官绅仍横征暴敛，榨取无厌。当时萍乡、浏阳、醴陵三县接壤之地,已喊出“杀鞑子”、“官逼民反”、“挖富济贫”的口号。

9月间,有两个神秘人物找到了他,一个是同盟会员蔡绍南,一个是醉心革命的富家子弟魏宗铨。两人都是萍乡上栗人,他们的到来透露出一个天大的计划。

他们是奉同盟会首领黄兴之命而来。刚刚成立的同盟会想做一件惊天动地的大事:他们要在湘赣边界的萍乡、浏阳、醴陵三地发起一次反清大起义。

当时,在山堂林立的萍浏醴三地主要有三股势力:一股为以龚春台、姜守旦、冯乃古为首的浏阳会党;一股为以肖克昌为首的萍乡安源煤矿会党;一股为以李香阁、廖叔保为首的醴陵会党,加起来有万余之众,其中浏阳会党势力最大。虽然三股势力互不相统,但龚春台在他们中间声望最高。蔡绍南知道,要联络这些会党,必须首先见到龚春台。而要见到龚春台,就必须先找到一个人:魏宗铨。

魏宗铨家族世代贩运萍煤,富甲一乡。魏宗铨几年前在长沙明德学校读书时,便与黄兴结识,并受到他的影响,投身革命。魏宗铨不但熟悉当地情况,而且与哥老会的龚春台交往也甚密。蔡绍南与魏宗铨乃儿时的伙伴,在他魏家开的“全胜纸笔店”,两人见了面。通过魏宗铨,蔡绍南很快就见到了龚春台,又通过龚春台结识了醴陵会首李香阁和廖叔宝,最后拜访了身居安源煤矿的会党头目肖克昌。

这个惊天的计划,让肖克昌血脉贲张。

在肖克昌的生命中,永远也不会忘记上栗桐木一个叫蕉园的村子,一个姓欧阳的农家。这天,农家屋里香烟缭绕,纸钱纷飞,一场替亡友作冥寿的仪式正在道士的引领下肃穆开场。其实,在场的所有人都知道,这一切只不过是掩人耳目。另一场重大的仪式正在这里拉开大幕。萍、浏、醴三县会党首领率百余人在此聚首,举行开山堂大典。

就在这一天，哥老会和武老师会统一组成了一个新的会党，立六龙山，号“洪江会”。各路头领一致推举龚春台为“大哥”，并按行规饮雄鸡血盟誓。那誓词肖克昌都还记得：“誓遵中华民国宗旨，服从大哥命令，同心同德，灭满兴汉，如渝此盟，神人共殛……”

还有四句入会必须宣读的口号，念起来更是荡气回肠：

六龙得水遇中华，
合兴仁义四亿家。
金相九地王业地，
乌牛白马扫奸邪。

蕉园聚首，肖克昌心里有了两个名字：一个叫孙中山，一个叫黄兴。这两个如雷贯耳的人名，让这头独居安源煤矿的“雄狮”两眼发亮，腰杆子也更硬直起来。

洪江会旗帜一举，一呼百应。几个月时间，势力便波及萍乡、宜春、分宜、万载、浏阳、醴陵等数县，会众逾十万人。可谓形势喜人。

人多势众，本是好事，可“大哥”龚春台仍觉远不到起事的时候。会党手中的兵器还寒碜得很，除了几门旧式火炮、18 支快枪，剩下的就是刀枪棍棒之类，哪里能成大事？他提出要蔡绍南赶紧向驻在日本的同盟会总部报告，请求接济枪械。

真可谓夜长梦多，就在龚春台他们等待枪械的日子里，事情发生了变故。

位于湘赣边界的麻石街，既是成事之地，也是败事之所。中秋节间，这里酬神演戏，聚众万人，便有传言风起，慧历寺的僧众假托神言，向香客们说“天下即将大乱，将有英雄铲富济贫”。风声传到清军耳际，这还了得！三县清军立即集结，来了个先发制人，直捣麻石。结果，会党总指挥部被抄；李金其被追至白鹭潭溺水而死；会党头目张折卿亦被捕杀。闻此惨讯，萍乡大安里、浏阳上东张陈坊一带会党聚集，准备开山祭旗，最终也遭清兵镇压，首领被斩……

正欲启程东渡日本向同盟支总部汇报的蔡绍南和魏宗铨，忽接到龚春台的急电，行至上海只好立即折回，在湖南与会党首领相见研究对策。最后相约旧历年底官衙封印后分三路举事：一据萍乡安源路矿为根据地；一路据浏阳、醴陵，攻略长沙；一路据万载、宜春，东攻瑞州、南昌等地应援长江。

事后，魏宗铨即潜至安源，与肖克昌取得联系，又连夜潜返上栗。

又是一个漫长的等待。正等待起义号令的肖克昌万万没有想到，在麻石街又起了事端。起因是醴陵会首廖叔宝。

廖叔宝是个有名的急性子，他放话说："会党已有十万之众，完全可与清军决一胜负，还等何时！"根本不听刘道一和蔡绍南的劝阻，断然率领所部2000余众，先袭击麻石，后竖起"大汉"白旗，宣布起义。事已至此，龚春台、蔡绍南不得不匆忙传檄各路会党，一同举兵。岂知此举可是坏了大事！一场大起义在一片混乱声中爆发。时为1906年12月4日，比原定起义时间整整提前了两个月。

而此时，身在安源煤矿的肖克昌竟还蒙在鼓里！

三

执刑者握着雪亮的大刀正站在他的面前。寒风掠过，吹起他蓬乱的长发。

他傲然站着，一介武夫此刻浮上一丝悲哀的神情。他一次次问自己：怎会如此鲁莽，有人设个陷阱，就傻乎乎地往里头跳呢？

他本当是想在这次起义中大干一场的。在这之前，他多次派人到上栗市洪江会总部求见蔡绍南，请求提前起义，他提出夺取矿警枪支，先攻占萍乡；后来又与洪福会首领姜守旦会商，共同进攻浏阳，可惜都是无功而返，只好死等总部号令。后来，醴陵义军头领派袁南亭持函赴安源约肖克昌夹攻醴陵，肖克昌以没有接到洪江会总部的命令为由，未能轻动。不料袁南亭为清吏所捕，肖克昌大愤，随即发动矿工罢工，迫使萍乡矿务局不得不致电醴陵，将袁南亭索回……

此为起义前夕的一个插曲。

当枕戈待命的安源6000之众得知起义消息之后，已是起义爆发后的第三天了。肖克昌意欲在他的住处高坑小冲会合数千矿工暴动，却已太迟。驻矿官兵突然大增，矿区内外戒备森严。湖广总督张之洞怕煤矿遭殃，应汉冶萍总公司盛宣怀的请求，已经派来步兵一营，炮兵一队，由一名协统（相当于旅长）和一名标统（相当于团长）带领开到矿山护矿，安源官军猛增到500人，加上原有的矿警共达800人。肖克昌被阻隔在山沟里已经动弹不得。

让他更料想不到的是，整个局面已危在旦夕！

突然出现在萍、浏、醴三县的会党大起义，令朝野为之震惊。朝廷急电湘、鄂、赣、宁四省督抚会剿。派江西臬司秦炳直节制四省各军，驰往扰乱地方相机剿办；江西巡抚吴重熹、湖南巡抚岑春蓂、湖广总督张之洞先后派出精锐部队，前往镇压。端方也派新军第九镇统制徐绍桢率步、炮、马、辎重各队新军2000余人赴赣。

起义军的命运一时变得黯淡无光。

此时此刻，肖克昌本只须按兵不动则可，千不该、万不该中了邪似的钻进了别人圈套。有史料说，他的自投“罗网”，是因为接到一张来自矿局的宴请的帖子。这无疑是一张写满诚意的请柬。他与矿局的关系本来就是相互依存、相互利用的关系，约请他的，当然是他曾经信得过的矿局总办。

也许，他心里不会不明白，此时已非彼时，大敌当前，该谨慎为上；也许，他曾迟疑过片刻，心疑不要中了人家的奸计。可他终究还是赴宴去了，他是个“义”字当先的人，不是“缩头乌龟”。谁知此一去竟成不归路。他两脚刚一踏进酒家大门，一根暗中飞来的绳索就勒住了他的脖子，还没有等醒过神来，就有七八个清兵一拥而上，把他捆了个结结实实……

关于他被诱捕还有一种说法：湖北援赣镇压起义的清军将领王协统是煤矿总办张赞宸的旧交，两人共同密谋了一个“擒贼先擒王”的计划。他们察知肖克昌将会党的活动用款全存于矿上钱庄，于是放出风来：“钱庄将倒闭，必须本人三日内亲来领取银票。”肖克昌果然中计，独自一人潜回矿上，却不料还未进得钱庄大门，门内门外就涌出数十个清兵，活生生地就把他给捉了、捆了，当天就解往萍乡城砍了头……

总之，他是被人诱捕的。因为他的大意铸成了大错，他如今就要死在对手的大刀之下了。“真是送肉上砧！”想到此，他牙关就咬得死紧，眼珠子就要喷出血来，所有的仇恨就“蹦”出两句话：

“脑壳掉了碗大个疤！”

“老子十八年后又是一条好汉！”

他嘴里喊着，浑身散发出令人胆怯的凛冽之气。只可惜，那把闪着寒光的大刀已经迫不及待地高高举起，随着他嘶哑的声音戛然而止，一注鲜血刹那间溅向天空，头颅便重重地滚落在草地上了。只是两眼仍然圆睁，直对着苍天。

四

也许，他的灵魂仍在空中飘荡。

他是憋屈着一股气死的，死则死矣，可对不起的是那群平日跟他风里来、雨里去的弟兄们。他这一死，清兵又逮捕和杀害了在安源的几个同党。安源煤矿中的会党顿时群龙无首，几乎不战而败。与此同时，他看到了起义军最后的惨烈。在安源以外的其他几个战场，悲剧还在上演着。

起义因比计划提前两个月爆发，起义军凭借着手里的土枪、土炮、鸟枪、长矛、大刀，甚至竹尖、菜刀攻城略地。一开始倒是声威远播，风起云涌。龚春台所部迅速占领了萍乡高家台，浏阳金刚头会众乘势占领了金刚头。接着，龚春台又以萍乡高家台会众为主力，集麻石廖叔宝部，分数路攻破萍乡上栗，屯踞万寿宫。接着，醴陵西路军总统李香阁部及北路军总统谭石基部，开始谋攻醴陵，宜春慈化、萍乡桐木会众四五千人很快占据桐木，与此同时，洪福会首领姜守旦也已经举兵，起义军名“新中华大帝国南部起义恢复军”，拟占浏阳，直逼长沙……

只是不到几天，局势便急转直下。

三县起义军人数虽众，但所持武器皆大刀长矛，再加上队伍从来也没有经过训练，人员庞杂，各路举事的起义军互不统属，领导不力，前方各自为战，后方步调混乱，虽然英勇，仍难敌训练有素的清兵。清兵进攻上栗时，起义军奋勇抗敌。浏阳首领沈益古一手持大刀，一手持锅盖，冲入敌阵，连砍清兵十余人。最后，上栗失守。在浏阳，清军全力攻打浏阳的义军，龚春台、蔡绍南难以招架，只好败走普迹市，心想向那里的会党首领冯乃古求援。却不知，蔡绍南不慎于途中遇害，龚春台见势不妙，逃往长沙。醴陵方面义军首领谭石基率部与清军作战时，也被清军击溃。姜守旦率领的洪福会起义军也因屡屡作战不力，最后败退至江西义宁……

清廷一场血淋淋的杀戮开始了。起义战场一片昏天黑地，阴风惨惨，起义军或横尸疆场，或被捕后枪杀斩首，不到一个多月的时间里，先后殉难者达万余人，百姓被误杀者竟达2万余人。

眼见这些随他而去的英雄，一个个死得惨烈、悲壮，他的魂在流血——

刘道一，同盟会员，最早从日本赶赴湘赣边界联络会党的留日学生。从现存的照片上，透过架在鼻梁上的那副圆形无框的近视眼镜、可看出眉宇间透出的坚毅之气。据说，他读《汉书·朱虚侯传》，对“非其种者，锄而去之”这句话欣赏至极，从此自号“锄非”。被捕后遭严刑逼供，却始终不肯供出同党，写下四绝明志：“天地方兴三字狱，但期吾道不终孤。舍身此日吾何惜，救世中天志已虚。”受刑前他大呼：“士可杀，不可辱，死则死耳！”掷地有声。12月31日，被清廷杀害于长沙浏阳门外，年仅22岁。据说，临刑时“仓促未及反缚，魁首举刀斫之，四击乃断其头……”刘道一死后，他的未婚妻曹庄当时正在长沙周氏家塾读书，闻讯后自知不能免于株连，自缢于该校宿舍殉节。父亲刘方峣因悲愤过度而仆地中风，一个月后病逝。

魏宗铨，虽也是个读书人，却也炼得一身胆气。他因“富甲一乡”而成为起义大军得力的“财政部长”。起义失败后他逃离家乡，清廷悬赏500金取他的首级，还将他的家洗劫一空。其母魏刘氏“褫衣反接，楚毒备至”，也就是将她的上衣剥掉，反绑双手，魏刘氏受尽酷刑，最后被逼得气绝身亡。魏宗铨也劫数难逃，最终在醴陵被捕，后被转解萍乡县署受审，一连几天，严刑拷打，皮肉俱裂，却是坚贞不屈，不吐一字。1907年3月7日，被斩首于萍乡大西门外。行刑的前一天，妻子刘氏哭泣着来到县署，求清吏能让她见丈夫一面，清吏生死不允。她悲愤交加，竟在魏宗铨就义后冲进法场，“呕血数升”，死于丈夫刚刚落气的尸体旁。

沈益古，萍乡东源人，举事时被任为起义军后营统带，在上栗率义军迎战清兵，手执大刀，与清兵肉搏，砍死了十余名清兵，整整半天，杀得昏天黑地，最终受伤被俘。解至萍衙入狱后，衙门差役里有个人是他的堂兄，探知沈益古次日将爱酷刑审讯，且讯必正法。想来想去，为减其酷刑痛苦，当晚偷送鸦片烟土给沈益古吞服自尽。次日，清吏见沈益古暴死狱中，只有将其首级割下，送至清溪、小枧示众，并捉来其兄训嗣处死。更有甚者，事后其族人竟将训嗣四岁的儿子和两岁的女儿用谷箩担送至县衙，要求清吏斩草除根。可见人心之险恶！

……

五

静静的安源牛形山伏卧在我的眼前。我无语。

山上，坐落着众多的坟茔。但我知道，这里没有肖克昌的墓。山下，建有一个烈士陵园，我知道，这不属于他的陵园。

这里的人们可能都会记得，在上世纪二十年代初，有一群青年志士曾经来到此地，组织工人运动，策动秋收起义。这些青年后来都成了中国革命的中坚力量，有的还成为新中国的领袖。人们记住了他们的名字。而肖克昌，几乎没有多少人知道。虽然在至今保存的、长达一千多行的民间唱本《煤矿歌》中，也曾写到他有“武松打虎般”的“威武”，但唱本中对他的评价始终离不开一个“匪”字。

时过境迁，百余年前发生在此地的这场惨烈故事，早已在后人心中烟消云散。在空旷的矿区和矿区外的村庄，我一片茫然。英雄赴难的路湮没在哪里呢?

麻石老街，萍浏醴三地连界之地，百年前演剧开标、江湖豪客聚集之所。如今，老街唱戏的戏台还在，会党首领们聚首的龙王庙还在。静立于此，或许仍能听见来自老戏台上那激昂之声，听见龙王庙里众会首聚头时的盟誓之声，在寒风中讲述那血淋淋的故事。可透过破败的街面，却难以找到那条悲怆的英雄路。

人们似乎不愿意去掀开这沉甸甸的往事，而近代史学家们却在诠释着这段历史。他们认为，发生在丙午年间的萍浏之役，是同盟会成立后举行的第一次武装起义，也是辛亥武昌起义前规模最大的一次起义。起义檄文就明确宣称“必建立共和民国”，可见目标大如天！起义虽然失败，却成为辛亥革命的一次重要的预演。

也有人说，这是发生在上世纪初的中国式的“攻打巴士底狱”。

而安源以肖克昌为首的义军，矿工暴动插上了孙中山的旗帜。“虽然未能配合起义主力投入战斗，但客观上牵制了官府的注意力，分散了大量官兵，对起义的一度胜利曾经起了重要作用，开创了中国工人阶级参加大规模武装起义的新纪元……”据说，身在日本东京的孙中山听说有矿工参与起义，也不禁大喜，称其为同盟会“自动之义师”。

惜英雄已经逝去，他们听不到后人的评价。

中国历史上众多的会党和他们的首领们，曾经在一方土地称王称霸，叱咤风云，谁又能留下半点名声？这些性喜武功，善于使刀弄剑，武艺高强，身手不凡的好汉；这些能“平地纵跳一两丈高，攀檐登壁，行走如飞”的豪杰，只有聚集在同盟会“驱除鞑虏，恢复中华”的大旗下，才终成正果。悠悠岁月，后人只知道他们做了一件于历史有价值的事，他们用血肉之躯，为推翻一个王朝做了孙中山革命的铺垫。

这是历史的故意，还是洪江会英雄们的必然结局？

五年之后，也就是公历 1911 年 10 月，武昌起义成功。大清王朝终于在辛亥革命的枪炮声中轰然倒塌，千年帝制终于崩溃，民国宣告成立。这时，孙中山才想起一个人——萍浏醴起义的发动者刘道一，批准为他造一座祠，命名“大汉忠烈祠”；还提议将其夫妇遗骨合葬于长沙岳麓山上，并作挽诗一首：

半壁东南三楚雄，刘郎死去霸图空。
尚余遗孽艰难甚，谁与斯人慷慨同。
塞上秋风悲战马，神州落日泣哀鸿。
几时痛饮黄龙酒，横揽江流一奠公。

“塞上秋风悲战马，神州落日泣哀鸿。”写得实在悲凉！一百年过去了，刘道一的墓碑依然竖立于长沙市河西岳麓山青枫峡上。有游者瞻仰后感慨万端，独对刘道一墓发问：还有那一万个涂炭生灵，他们的墓葬又在何处？

逐臣梦

一

风也萧萧，雨也萧萧。马车“辘辘”碾过京都坎坷不平的街道，正摇摇晃晃穿过天安门。

这座始建于永乐十五年的皇城的正门，原名承天门，城门五阙，重楼九楹，也是顺了“九五至尊”的传统。黄瓦覆盖的城楼重檐飞翘，雕梁画栋，显示着皇权的威严。可如今，文廷式觉得是一座风雨飘摇的纸楼，只需轻轻一推就可能倒塌。

翰林院侍读学士文廷式已不记得这是第几次出京了，每一次都有不同的感受，不同的心情。而今天是罢官出京，是朝廷把他赶出了京城，个中滋味冷暖自知。

这是光绪二十二年(1896)二月。

文廷式，时任翰林院四品侍读学士兼日讲起居注官，一个曾经名动朝野的传奇人物……

文廷式，字道希，号云阁，祖地江西萍乡。光绪十六年(1890)，成进士，授编修。二十年(1894)大考,光绪帝亲拔为一等第二名,35岁点翰林。文廷式志在救世,遇事敢言,与黄绍箕、盛昱等列名"清流",与汪鸣銮、张謇等并称为"翁门六子",是"帝党"重要人物。七年为官生涯,目睹国家衰弱,民族受辱,只觉得重任在肩;眼见官场腐败,朝廷无力,更深感有一份整饬之责。一丝也不敢松懈,只是为国而急,为朝廷而忧。皇上对他宠荣逾格,更让他寝食难安,恨不得化千钧之力,为皇上挑万斤之担。甲午中日战争,他力主抗击,上疏请罢慈禧生日"庆典",奏劾李鸿章"昏庸骄蹇、丧心误国",并谏阻和议……

只可惜庸人当道,最终遭李鸿章姻亲、御史杨崇伊参劾,被革职驱逐出京。

此刻,朝廷宣旨官的宣旨声还在他耳畔响起:

奉天承运,皇帝诏曰:御史杨崇伊奏词臣不负众望请立予罢斥一折,据翰林院侍读学士文廷式,遇事生风,常于松筠庵广集同类,互相标榜,议论时政,联名执奏。并与太监文姓结为情事等语,文廷式与内监往来,虽无实据,事出有因,且该员于每次如见时,语多狂妄,其平日不知谨慎,已可概见。文廷式著即革职,永不叙用,并驱逐原籍,不准在京逗留。此系从轻办理,在廷臣工,务必共知儆戒,不得自蹈愆尤。钦此!

他将回到故乡,如同叶落归根。不过这叶不是自然衰老发黄的叶,而是被狂风摧落的叶。其实,他这片被摧落的叶子也可以不飘到故乡的,他本可以去另外一个遥远的地方,但没有去。

在离开京城前,俄国公使找到文廷式,极其诚恳地向文廷式提出邀请,聘请他赴俄国教习中国的孔教,并愿意每年以6000元作为报酬。他们看中了文廷式的才华和学识的渊博,说:"你们朝廷不要你,我们要你!"

如此优厚的条件,的确充满诱惑。但文廷式并没有答应他的邀请。原因之一,文廷式对俄国这个国家没有好感;原因之二就是他浓浓的故土情结了。他想,国家如此孱弱,正是缺少有用的人才,尽管自己已经罢官,但仍可为国出力。他十分抱歉地拒绝了俄国公使的盛情邀请。

“我在中国还有很多事情没有做完，一时脱不开身。”这个回答，让俄国公使十分失望……

车出京城，文廷式叫车夫停下，然后从马车上下来。随后跟着的几辆马车上，先后下来的有国子监祭酒盛伯熙，刑部郎中沈曾植，户部郎中、军机处章京陈炽，内阁中书汪大燮，翰林院编修张孝谦，内阁中书杨锐，翰林院编修沈曾桐……

在京几年，文廷式多次送过挚友出京，他们或迁官，或遭贬，每一次都有“此一别恐后会无期”的酸楚。如今，也轮到朋友们送他出京了。

文廷式挥泪登车而去。马车渐渐远去，最后消失在茫茫尘烟中。

文廷式闭上眼睛，什么也不想。透过窗外，见天空中有鸟飞过，直冲云霄。他内心突感到一阵轻松，一种解脱。他有一种跳出荆棘的快感。

马车“辘辘”向前，他再也没有回头。一首《出京作》在心里酿成：

短发萧疏懒着簪，傍檐乾鹊语声侵。

铁无可铸神州错，寒不能灰烈士心。

……

二

文廷式先是来到上海。

他这一生中也不知多少次来到这里，作为鸦片战争后中国首批向外国列强开放的城市，充满着屈辱和悲壮。夜晚，他行走于外滩，南边沿黄浦江一线，坐落着英国领事馆和沙逊洋行、仁记洋行、宝成洋行、旗昌洋行、天长洋行……这条有着“东方华尔街”之称的江边之路。文廷式行走起来心里却是五味杂陈。

离京后的这些日子，他心里很乱，好在上海有他许多的朋友。文酒之会能够排遣他不少忧愁。这天,他与一位名叫古城贞吉的日本学者会面,谈话间,一时兴起,吟出一首诗来,其中有两句他特别得意:“沧海横流剩此身,头衔自喜署天民。”“天民”二字,可谓恰到好处。遣逐之臣,已不是朝廷的人了,天民一个,优哉游哉。但与草民却好似有些不同,一个“天”,说明他还在忧思天下,虽已为民,却不忘救世大志。国土沦丧,人民涂炭,无官却还有一种忧国忧民的责任在。

他将这首诗用宣纸写就,挂在墙上,自我欣赏。

在上海住了一个多月,文廷式心情平和了许多。这时他想起一个人,他的老朋友、南通人张謇。

他想,既然靠朝廷不能救国,就学着张謇的样子,实业救国总该可以吧。他与张謇志向相通。均是甲午时期的主战派。人们曾将他和南通张謇、福山王懿荣、常熟曾之撰并称为“四大公车”。后来,张謇在南通创办了大生纱厂,做起了实业。

既是“天民”,就要为家乡做点什么。他想到了煤。兴办煤业,既可施惠于家乡,又可为振兴国家的工业出力,属两全其美的好事。这样,一个计划在文廷式脑海里渐渐清晰起来。

他将他的堂弟文廷钧唤来上海。文廷式知道,他的堂弟虽然时任江苏候补巡检,却和族人在家乡萍乡办了个煤号,名“广泰福”。文廷式打算在这煤号的基础上,投资扩大规模,由萍乡文姓牵头,集股创办一个新的商号,名字仍叫“广泰福”。他雄心勃勃,意欲先收购一批小井,然后积累资金,购买机器,集采、运为一体,在短时间里成为萍乡的矿业大户。

堂弟当然求之不得,一口应允。

主意已定,文廷式决定先见两个人:一个是时任两江总督的张之洞,一个是当时中国实业界叱咤风云的人物盛宣怀。他的计划是:所生产的煤全部运往汉阳铁厂,一是表达他对朝廷的真心;二是他的煤也有个稳定的买主。

文廷式与张之洞是有过交情的。在文廷式还未进京之前，时任两广总督的张之洞就曾电招文廷式，请他掌教惠州书院。但文廷式婉言辞掉了这份差事。进京做官后，文廷式与张之洞同属“清流”，文廷式在甲午之役多次言事，等于是后辈“清流”的坚强后盾。再说张之洞对文廷式还有过“恩”，那年祖地萍乡因灾大饥，文廷式为乡人之所急，曾恳求张之洞以官帑赈粜，张之洞成全了文廷式心愿，说服朝廷发帑十万，赈济萍乡灾民，让文廷式为乡人做了一件功德无量的善事。

前些日子，张之洞正为他创办的汉阳铁厂发愁。愁什么？愁炼铁的煤！巧妇难为无米之炊，没有煤怎么炼铁？为这事张之洞曾派人找遍湖北附近数省，结果一无所获，悻悻而归。铁厂因此难以为继。万般无奈之下，他只好将这个“摊子”转让给了盛宣怀。虽然这样，他与盛仍如一根线上的两只蚂蚱。

张之洞热情接待了这位“罢黜之臣”，当他得知文廷式的想法后，大加赞赏，既对眼前这位落难不落志的学士表示敬佩，更对他的设计的宏图大志表示竭力支持。文廷式也知道，这个朝廷重臣分量很重，对他今后的创业是一块重要的基石。

文廷式离开上海后，又专程来到汉阳，拜访了时任铁政局督办的盛宣怀。

如果说，张之洞和文廷式还有那么一层老交情的话，那么，盛宣怀则与这位朝廷贬臣却有过宿怨。

这是因为，几年前文廷式在朝廷曾两次弹劾过盛宣怀。

一次是甲午战事紧要之时，文廷式发现，每至前线事机败坏之后，则电线必断，不但延误了战机，还使谎报军情者有了可乘之机。而此时盛宣怀正任天津海关道，亲管电局，责无旁贷。他上奏皇上，请求“开去盛宣怀关道实缺，惟该员是问”，弄得盛宣怀一肚子不高兴。还有一次涉及“军粮案”。文廷式闻说有人在转运军粮过程中作弊，虚报达数十万金，不久，天津招商局又突遭火灾，数万吨军粮付之一炬。一连串的事让他极为愤慨。盛宣怀作为局务转运，纯属严重失职。于是上折，请求对盛宣怀“严查议处以示惩警……”

但这次文廷式要见盛宣怀，却是坦坦荡荡。文廷式想，我见他，是不计前嫌帮他来了！

盛宣怀刚刚接手汉阳铁厂还不到两个月，自然在为煤的事情发愁。对于萍乡的煤质，他是知道的，完全适合铁厂冶铁，只是这些年来，因为转运途中的作弊和煤炭供量问题一直得不到解决，制约了铁厂的生产。当门子将文廷式引入他的办公房，盛宣怀哪里还记得往日的宿怨，他大喜过望，如久别重逢之友。

这是历史的安排，当然会是一次愉快的会面。

盛宣怀一五一十道出了自己的苦衷。他说：“铁厂兴盛与否，全靠优质煤炭支撑，可现在问题有二：一是萍乡煤质尚优，可一到汉阳，质地就变，用来炼焦化铁已有问题，非萍煤品质不好，是有船户在转运途中偷梁换柱，以次煤掺杂。此事，他曾致函湖南巡抚陈宝箴，请他帮助协查，但也无济于事；二是萍煤数量远远不够铁厂之用，还须扩大煤源……”

文廷式说：“萍煤本是优质之品，却被见利忘义之徒糟蹋。这些时日，他也想了很多，认为只有两个办法可以杜绝。萍煤转运，路程较长，极易让人弄虚作假，如果有人专责赴萍采运，船户则无从下手。想此事可由他们文姓合股的广泰福商号承办，并由堂弟文廷钧负责运输，这是其一。其二，由广泰福商号购买小火轮数只，火轮船速度快，可减少中途靠岸次数，歹人则难以从中作弊。”

文廷式接着说：“萍乡煤炭虽然丰厚，但目前均采用土法开采，耗力量小，难以满足汉阳之需，如果采用机器开挖，那就是另一番天地。如能做成，不但可解铁厂之需，也可惠及梓邦……”

文廷式说了很多，甚至在盛宣怀面前拍了胸脯。盛宣怀当然大喜过望，对文廷式的怨恨也就迎风而散。在他看来，文廷式并非那种只知纸上谈兵的“清流”，也不像那种夸夸其谈、华而不实的文人。

盛宣怀在光绪二十二年五月初六日写给湖南巡抚陈宝箴的信中就提到此事：“如宁乡煤虽佳，煤层不厚，不值大举，可否请饬邝生就近赴萍乡一看。芸阁学士颇拟用机器开挖，惠及梓邦，谅亦乐观其成也。”又在五月初十日致陈宝箴的信中说：“船户作弊，无法挽回。适遇文芸阁学士过鄂面商，伊有堂弟文廷钧愿认萍乡一路，当即专责赴萍采运。芸阁拟用小轮船在湘潭拖带，取其行速，则难为作弊……”

在汉阳的这些日子，文廷式密切接触的，还有一个人，即盛宣怀手下的一个重要助手，也是文廷式的老朋友——汉阳铁厂总办郑观应。

郑观应是广东香山人，大文廷式两岁，生长在一个商业气氛很浓的士人家庭。他 17 岁进入上海商界，始从洋行低级雇员做起，在商场中辗转奔波数十年。1881 年出任上海电报分局总办，后又做了轮船招商局的帮办和总办。1891 年被李鸿章委派开平矿务局粤局总办。他性情谨厚，笃实正派，常以“一生唯谨慎”的诸葛亮为楷模，成熟老练，深谙中国国情，不事张扬，埋头苦干，属久历商场的稳健派人物。他的精明强干的办事风格，很得文廷式的赞赏。尤其是他写出了一部令人刮目相看的书，这就是《盛世危言》。书中提出的“习兵战不如习商战”一说，真是新奇得很。

文廷式与他早就相识，此次两人在汉阳一见，又成了商场上的合作者。就此汉阳一行，就与郑观应签订了月供焦炭千吨给汉阳铁厂的合同。

三

六月三伏天，一个烈日炎炎的日子，文廷式和堂弟文廷钧一起启程，回到赣西故乡萍乡。

萍乡之水，独归洞庭湖，其山势也与湖南相同，这是应了其山水之自然之故。萍乡民风淳朴，他每次回到故乡，就感觉有种亲切之气扑面而来。萍乡有很多民歌是很好听的，真挚、质朴，有股泥土味。能把心唱得暖暖的，热热的。

小县城四面环山，河水包围了半个县城。又是几年未归，文廷式一踏上这块土地，就感觉到了一股特殊的气味，这是发自田间的泥土的气味，禾秆的气味，还有山里野花野草的气味，山间小溪小河的气味……县城离农田很近，这气味依然很浓，浓得化不开。闻到这种乡土气息，文廷式平生出一种冲动。一想到他的祖先就是从这气味中走过来，并繁衍着子孙，内心就升腾起一种亲切感。

文廷式是江西萍乡县花庙前人。如果寻其宗族原系，大概出自汉文翁之后。后唐同光三年，他的祖先时任帐前指使轻车都尉，镇守江西，于是，他们就在江西永新的固塘安了家，成为了文姓江西各派的始祖。到了明正德、嘉靖年间，他的祖先中又有做了官的人，这才由固塘迁居到了萍乡。这就是文廷式的十世祖。他的十世祖开始是住在湘东的下市，后来才移居萍乡的花庙前。这些，在刘凤诰的《文氏谱序》、陈三立的《萍乡文氏四修族谱序》中和《昭萍志略》里，都是这样记载的。

文廷式虽生在广东，可祖地是不能变的，朝廷登记原籍，他写的就是萍乡，文氏祖先在这里生活，在这里繁衍。这里还生活着他的叔伯，他的堂兄堂弟，有着血缘的姊妹。文姓的祖坟还静静地躺在这里。坐落在县城花庙前的文氏宗祠，仍在张扬着一个望族的荣耀。

文氏祖祠静静坐落在城南花庙前，入得祠内，文廷式心中又是一番伤感。自高中“榜眼”后，他曾回乡一次，几年后却已成罢官之人。一喜一忧，一起一落，两种心境，两种心情，真是世事多变，人生难料！

文廷式回过几次乡，可每一次都是匆匆而过，而这次回乡不同，萍乡，就是他的归宿了。

从京城到家乡萍乡，再到布满荆棘的安源紫家冲，犹似一个梦的过程。

而这梦,如今就在做着。这是离城不到十里的安源紫家冲,是山岭中一个稍稍平坦的地方。这里乱草丛生,石头遍地,却有土窿商井,密集如林。有隔得紧的,不过几米就开一井。一眼望去,犹似蜂窝一般。煤窿里出来的人黑乎乎的,仅见两只"眨巴眨巴"的眼睛和一张上下翕动的白嘴皮。地面上这些黑得发亮的煤,就是他们一镐一锹从地底下刨出来的。

而文廷式也就是要在这里,在这个埋藏着"乌金"的地下,做出一篇从未做过的大文章。他要从他装满经史子集、诗词文章的脑子里走出来,走向他的煤井。

"这是上天赐予萍乡的宝物啊!"文廷式从地上抓起一把煤来,感慨道。"也不知这里现有多少个商井?"文廷式转过头问表弟文廷钧。

"曾约莫计算过,就安源、紫家冲、王家源几个地方,商井就有260个之多。"

"除了紫家冲文姓,各处开采的是些什么人?"

"有的是山主自开,有的是商人向山主付金,租山开业,打井挖窿。安源的贾姓,王家源的张姓、钟姓、黄姓,高坑的欧阳姓,双凤冲的甘姓,天磁山的彭姓,锡坑的周姓,以及紫家冲的文姓家族,都是具有相当势力的商井和山主,有的土窿商井还由几家联合组成一个商号……"

文廷式就问都有些什么商号。文廷钧说:"有茂福商号,同荣福商号,合和福商号,这些商号,牌子都很硬,既有后台,也有雄厚的资金垫底,有的专办煤矿,有的还兼收购小窿煤炭转手倒卖,或加工成炼焦煤销到外地去。"

在文氏宗祠,文廷式鼓动文姓家族的人集中更多的股金,投入广泰福,将商号做大。他也当场拿出自己的钱。这些钱,有他的好友志锐的支持;还有一笔钱,是珍妃托人送给他的银票,文廷式拿在手上也觉沉甸甸的。

关于文廷式与珍妃的关系,一直是史学家们热议的话题,倒是有一段故事。

文廷式在广州时,他的世交长善将军十分倚重文廷式,与之交往甚密,住在长善将军家里的他的两个侄女瑾儿和珍儿(也就是后来入宫的珍妃和瑾妃),还拜了文廷式为学文识字的“师傅”。入宫后,她不忘师情,也曾在光绪皇帝前说过文廷式的很多好话。正因为这样,文廷式刚刚一进入朝廷,就卷入残酷的政治斗争中。慈禧因光绪而恨珍妃,因珍妃而恨文廷式,悲剧因此而生。

珍妃知道文廷式意欲回乡后想办煤号,做实业,托人带来了一笔钱,说是说入股,其实就是想帮帮这位落难的“师傅”。

文廷式先是投资买下了一批小煤井,并在王家源、紫家冲锡坑和安源多处建造焦厂,自行炼焦。又花银5500两,在上海订造浅水小轮一号,取名“湘皋”,并拟在资金充裕后再造一号,以便来回周转。与此同时,还在湖南常德定制大木船多艘,底平腹宽,各装200吨,以为载煤行驶浅水之用。文廷式又选派信得过的人分别负责过载、稽查、押运等事,以杜绝转运作弊之事再度发生。另外,他们还劝说了张、钟、彭几家商井,也加入到广泰福商号中。

几个月过后,“广泰福”已不仅仅是单纯销煤的商号,而是拥有18个煤矿,7个焦厂,2条火轮,多条大船,集采煤、炼焦、航运于一身的综合企业,成了萍乡煤业的老大,文廷式也就自然成了这个商号的董事长……郑官应5月28日致盛氏信中就这样提到:“萍乡文氏来云,‘已造焦炭炉五十只,每只每天可出一吨,每月可出一千五百吨……’”连德国矿师马克斯在萍勘煤时,也直呼文廷式为“矿主文芸阁学士”。

多少年来,人们只知道一个诗人、学者的文廷式,只知道他是一个嫉恶如仇,敢于直言的文人,却从未想过他还是一个下过“海”的商人,连《文廷式年谱》中也没有记载过他这段人生经历。

几年前,我开始撰写关于文廷式的长篇纪实文学,在搜集资料时发现,这个一身傲骨的文人,其实对实业早有自己的理解。他的思绪早就涉及了中国的矿产业。他目睹中国矿业发展迟缓心急如焚,光绪二十二年(1896)

二月初四日，也就是他被罢官的那年，他就上奏《请各省开矿片稿》，力陈“开矿之事，上裨国用，下益民生”。列举开矿之事“废遏不行”之缘故有“八端”，呼吁“中国矿产之丰盈，复甲于地球各国。如人有重宝窑藏于地，而日日不免饥寒，愚莫甚焉。故欲富必开矿。”他请求朝廷明降谕旨：“准各省之民集资办矿，官方保护。商力不足，可提官款助之，减以矿税，地方官吏，稽查督责，统照盐法之例。有成效者，予以奖励。敢阻挠者予以严惩。”他说，如能这样“则不出几年，各省矿产将会大开，国计民生则不可能不富……”奏折打动了皇帝，光绪即刻下旨，通谕广开矿务。

他回乡创办实业的举动，正是实践他的开矿之愿。

四

只可惜，文廷式效法张謇创办实业的梦还没有做到一半，就招来浇向他的一盆盆凉水。

这天，堂弟文廷钧送来了一封由几家绅士签的联名信，信中大概意思是：几家商号和部分煤井对萍煤由广泰福一家独办，颇有异议，为各商号利益计，他们要求官办萍煤，云云。文廷钧说：“他们担心广泰福垄断价格，暗中吃他们。荷尧的老板彭世豪、王家源的张梦予已经提出不跟我们合作了。”

这两人都是在萍乡有一定势力的煤商。彭世豪是湖南人，在荷尧一带开办大兴公司，收购小窑商井煤炭，从金鱼石装船，运往湖南马家河等地卖，已大发其财，成为赫赫有名的大老板；而张梦予，原是本地一个穷秀才，以前靠当私塾先生谋生，后来看到主人做煤炭生意发了大财，也弃教经商。先是帮主人管账，后来竟单独开业，经营煤炭生意，几年时间就买下了几千亩土地。正是他们，对文廷式的独办萍煤开始唱“反调”了。

说实话，文廷式被革职回籍后，萍乡煤商们既惊且忧。家乡好不容易出个四品侍读学士，几年时间就被贬回故里，此为惊；文廷式一回来，文姓势力大增，萍煤无形中就成了文家天下，此为忧。所以，萍煤采运统由广泰福商号承办的事，他们嘴里赞成，背地里却是反对。

几天后，就有广泰福的人告诉文廷式："张老板的煤，已经运至芦溪了！"

运抵芦溪，这是要经宜春的袁水转入赣江，运往南昌、九江等地销售。这就是说，他们已经不跟广泰福合作了。

这时，督商萍煤的汉阳铁厂代表卢洪昶也心急火燎地找到文廷式，说广泰福与汉阳铁厂签订的月供煤一万吨的协议没有完成，铁厂的化铁炉就要熄火了……

事情紧急，文廷式只好与卢洪昶坐下商谈，力图想出一个更为妥帖的法子。

文廷式对卢洪昶说："萍煤独办，已是苦心竭力，煤商反对，乃事出有因。他们希望官办，一是想掣肘我，二是想加价。另外还有一个重要的原因，是这些日子我们在转运程中管得很紧，他们无法作弊，于是心存不满……"

卢洪昶说，如今再说什么也是无益，只有想出一个万全之策，渡过难关才是。既要保证汉阳铁厂的供煤，又不让煤商们居奇加价，只有一个折中的法子，铁厂仍在萍乡设一煤务局，划出一块地方由煤务局经营，名义上是官商分办，实际上仍是广泰福与铁厂合作。作此妥协，既不使萍煤弃置，又可免业户居奇。

这明明是要文廷式做出让步，虽然说是明分暗合，实际上，很难做到。但事到如今，也只有这么做了。文廷式同意让出一块来给铁厂去办。于是尽快通报汉阳，成立萍乡煤务局，并与广泰福新签合同：上栗煤归汉阳铁厂经营，安源、高坑等地煤由两家各半收买。

萍乡煤务局局址就设在文氏祖祠里，这是给文廷式的一个安慰。

不久，文廷式又来到汉阳，与盛宣怀和郑观应见面，细谈了萍煤的开采和运输问题。盛宣怀还谈及想派洋矿师去萍乡详细勘察煤量之事，并说，只要煤量丰厚,则可以考虑采用西法大举采矿。这是文廷式盼望已久的一件好事,他当即表示赞同。

可是,文廷式万万没有想到,正是盛宣怀请洋矿师入萍勘察的事情,在萍乡引起轩然大波。

一封恶意中伤的匿名信送到县衙,信上写道:“近闻吾萍有人在湖北勾引洋人来萍,开取煤矿,且已与洋人私立合同包办十年,十年之外岂不更立合同?似此满而复更,更而复满,就煤炭一项而论,则萍之精华尽,元气伤矣……”信中还列举洋人在萍乡开矿有“十害”,是“吸萍之髓而煎萍之膏”。

匿名信措辞激烈,直指文廷式。

顾家相是个开明的县官,关于汉阳铁厂准备派洋矿师来萍勘探的事情,文廷式也跟他讲过,并非是由洋人开矿。至于由文廷式私立合同,包办十年之事,他不相信文廷式会这样做,定是无稽之谈,所以对这封信也不以为然。他对文廷式说:“这都是民风未开之故,不以为信的。”他劝导文廷式,并表达出自己的态度:“只要你认为可以做的事,于地方无损,于社稷有益,我顾家相决无异议,而且也将尽量疏导。”

可事情还在升级。第二天,在县衙的门前又出现一张“揭帖”,落款是“合邑童生暨军民人等”。所谓“童生”就是正在参加县试或府试的读书人。白纸黑字写在上面,把开矿取煤的事说得心惊肉跳:“始则崩坏陵谷,绝断地脉,继则铲伤卢墓,永绝人文,竭本地之精华,绝全民之生路……”

接着,一封由多名绅士署名的“公禀”又递送到顾家相的手上。

绅士们在公禀中说:“窃物华必资天宝,人杰实本地灵。萍邑迪起科名,素称富庶,皆由山川之精华既固,都邑之脉气未伤,近因挖煤太甚,伤人庐墓,损却县脉,以致风雨衍期,灾殃大起,又引外洋来萍酝祸以暗滋天怒,洵非萍福也。”还说:“洋人来萍,必会诱人入教,教民倚势凌人;而洋人索取无厌,反客为主……”

萍城一时谣言四起,说:洋人能见土五尺,能水宿,望气知炭之所在,能避水火于井中,水火能避,将无山不开,无人不深,萍邑必有山崩瓦解之势,元气大伤,殃咎立至。云云……

此时,又正值童生集中在萍乡县城参加县试,有人把他们也串联起来。要童生们传出话来:“洋人一到,各家出一丁,人执一械,巷遇则巷打,乡遇则乡屠,一切护从通事之人皆在手刃必加之列!”这就有了几分的杀气。

“愚昧得可笑,粗野得可怕,连读书人都如此,真是不可理喻!”看了这“揭帖”和“公禀”,文廷式不由苦笑一声。

为了防止童生们闹事,顾家相决定提前童生考试,让他们尽快考完,四散回乡。接着又在全城张贴告示,说明真相,以防起事。

萍乡古来属南蛮之地,民风既淳朴也很强悍,是容易起事的地方,如果不加以诱导,势必酿成大祸。

文廷式心灰意冷。他想,不管是有人骂他也好,咒他也好,都不在乎。自己倾其家资在此办矿,既图为家乡富,也图为国家强。如今,请来洋人勘察煤源,也是为铁厂所用,并非是洋人开矿。有人说他与洋人私签了十年合同,这如同拿刀子在剜他的心。

顾家相为以防万一,第二天在全城发出告示,晓谕士绅及百姓:“本县明白告诫,此次湖北铁政局派洋人来萍探矿,实属于国所用,于民所想……倘再有造谣滋闹,则是冥顽不灵,惟有执法严惩,其唆使之棍徒,无论举、贡、生、监,一体斥革究办不贷……”

不久,洋式勘探钻机的轰鸣声,终于划破了安源、紫家冲一带亘古寂静的上空,震动了千年沉睡的地面。钻头飞速旋转,插入地底,这是安源人从未听过的一种声音,在这个长满荒草,布满荆棘的古老的山间,惊醒了乡人的旧梦。

几个月后,一份勘察数据放在文廷式面前。结果真是令人振奋:这一带,蕴藏煤量有五万万吨,如年采百万吨,可持续开采500年之久,且含硫量和含磷量均在标准以内,是适合于炼铁的佳煤……

这一结果，震动了汉阳。

五

光绪二十三年（1897）末，在武昌沿江的一家酒馆，盛宣怀请来了文廷式，在座的还有汉阳铁厂总办郑观应。面对滔滔江水，盛宣怀要与文廷式这个广泰福的大老板交涉一桩极其要紧的事。

自从去年赖伦来萍乡勘察煤层，其结果让盛宣怀欣喜万分，决定在萍乡进行大规模西法采矿，但尚未确定建矿地址，于是又派湖北候补知县张赞宸与德国矿师一起再到萍乡，进一步勘察安源周围十几个矿区。最后，认为还是安源天磁山、紫家冲等地煤炭最为丰富，质地也优，且距离县城和萍水河更近，确定为建矿之地。

而这一带，正好是文氏家族广泰福商号煤井的集中地，盛宣怀要在此开矿，首先就必须将这里所有的矿井全部买下，以此作为建矿的基础。

可此事关系到文氏家族的利益，如广泰福商号不同意的话，则建矿无从下手。

盛宣怀原本以为，与文廷式的交涉；定是一场十分艰难的谈判。利益的争夺，关系广泰福的命运，文廷式一定不会轻易放手。可是，商谈的结果却大大出乎盛宣怀的意料。文廷式爽快同意将广泰福所属的7厂18井，逐一作价，卖给汉阳铁厂。

文廷式何尝不想亲手做一番大事，何尝不想做一个像盛宣怀、郑观应这样的实业家，造福国家，造福家乡。只要看看办矿之初，他将广泰福商号摆出这么大一个摊子，便可看出他的勃勃雄心。万万想不到，一路走来，困难重重，商号既掣肘于汉阳铁厂，又遭当地煤商挤压，再加上人心不齐，经营不善，广泰福亏损过重，财力不支。他本是个争强好胜的人，未能亲手成就这个大业，自然留下遗憾。看来，祖辈为官宦之家，办实业、行商贾，皆非所长。

文廷式坦言说:“在家乡使用西法采矿,本是我多年的夙愿,只是心有余而力不足……”他想,这个夙愿就只有让盛宣怀来完成了。

文学士的慷慨相让,让盛宣怀大为感动,他知道,此关一过,创办萍乡煤矿一举,大事成矣!

可以说,这次会谈不但对萍乡煤矿的开发,对后来横空出世的中国第一个煤铁联合企业汉冶萍公司,甚至对中国近代工业的发展,也有着里程碑式的意义。

三个月后,张之洞与盛宣怀联名,将在萍乡大举建矿一事奏请皇上。

奏折先是大诉汉阳铁厂遍地寻煤之苦,再叙大举开发萍煤之必要:“惟江西萍乡焦煤,久经试用,最合化铁。矿脉绵亘,所产尤旺,实为最有把握之矿。但土法开采,浅尝辄止,运道艰难,人力难施。臣等深维大计,铁厂利纯之机,全视萍煤为枢转。现已购买机器,运萍大举。一面勘明运道,定议先就该县王家源地方,筑造铁路一条至水次,计程三十里。路成之后,再筹展至长沙,与干线相接。并先于沿途设电线,消息灵通,运转便捷。繁费在一时,收利在永远。此后,取之不尽用之不竭……”

洋洋2000余字,说得光绪心花怒放。

这些日子,光绪皇帝一直在关注着汉阳铁厂的命运,他深知一国之强大,与钢铁的产量息息相关。造枪炮要铁,造铁路要铁,造船造军舰也要铁。铁厂兴衰,维系国家大局。前几年,因煤的制约,铁厂危在旦夕的情形,他也略知一二,如今发现萍乡之煤可用,岂不是一件大好事!于是当即准奏。

光绪二十四年(1898)三月初一,盛宣怀正式宣布成立萍乡等处煤矿总局,下设三处一栈,由张赞宸任总办,进行建矿事宜。盛宣怀知道,创办煤矿并非易事,仅当地人的阻挠就足以坏大事,他想利用文廷式在萍乡的声望,以地方首绅地位担任协同照料。希望文廷式能够应允。文廷式爽然答应。

大事已定,盛宣怀利用自己兼任招商局、电报总局、通商银行的职权,从中抽调资金200万两,作为商股,投入到铁厂和萍乡煤矿,其中100万两用于开办萍乡煤矿。

动工之日,文廷式来到紫家冲广泰福矿井所在地。眼见着曾属于文氏家族的座座煤井不久将在眼前消失,心情十分复杂。似在告别一个旧梦,一个曾经辉煌过的,有着自己的煤井、焦炉、轮船和大木船的商号,将不复存在……

但这里毕竟有了机器的声音。不要再过多久,江南第一座大矿就要在这里耸然而起,是盛宣怀在帮他这个朝廷"逐臣"圆一大梦啊!

六

正是萍乡煤矿正式开矿的1898年,在京城发生了一件惊动全国的大事,慈禧太后向主张变法的维新人士开刀了。一直留在安源,帮助张赞宸协办开矿事宜的文廷式,遭受了人生又一大"劫"。

农历八月初三,慈禧要荣禄诈称英俄开仗,召袁世凯火速回津。同时,又以保卫京津为由,调动聂士成的军队入天津,董福祥的军队驻长辛店,部分军队进入京都。从这天起,光绪受到软禁。慈禧从颐和园回到紫禁城,开始控制大局。

八月初六,慈禧以光绪的名义,颁布"恳请太后训政"的诏书。同一天,革康有为职,并其弟康广仁一起"拿交刑部,按律治罪"。当天中午,清步军统领崇礼率领缇骑300名,包围南海会馆,此时,康有为已经闻风逃避。清兵随即搜他的行箧,并将信件一一过目,细细查检了约两个时辰。正是这一查,让文廷式的命运又一次急转直下。清兵在这些文件中发现了文廷式写给康有为的一封长信。这信洋洋几千言,大谈维新变法之必要和策略。信是随意写成,也就难免有不少对朝廷、甚至对慈禧太后的"不敬"之辞,给有人构陷文廷式留下了新的把柄。

八月初七日,上谕电令荣禄等,"严密查拿"康有为。

八月初九日，谕军机大臣等："张荫桓、徐致靖、杨深秀、杨锐、林旭、谭嗣同、刘光第，均著先行革职，交步军统领衙门，拿解刑部治罪。"不久被斩首于北京菜市口。

一时间，京城阴风惨惨，慈禧大有彻底扫清"帝党"之势。一场对文廷式的迫害也正在暗流涌动。

自文廷式罢官回籍后，李鸿章和他的亲家杨崇伊仍难解心头之恨。闻文廷式被罢官回乡后，仍活跃于南方，并与维新人物联系密切，心想必是后患，李鸿章便想借慈禧镇压维新派之际将文廷式一起"撸"下去。于是，他暗示杨崇伊，又向慈禧太后参上一本奏折写道：

> 甲午之战，文廷式倡言用兵，遂致割地赔款，继假托忠愤，与康有为等号召浮薄，创立南北强学会。既经封禁，乃不思悔过，又创大同学会，外奉孙文为主，内奉康有为为主，先在湖南省城开讲，又由康氏及梁启超来京讲学，蛊惑士心，专以讪谤朝廷为事。不知何缘，引入内廷，变更成法，紊乱朝局，引用东人伊藤博文，将专政柄。请求慈禧太后，将文廷式密拿严办。庶皇上仰承懿训，天下转危为安……

短短的两百多字，竟列出文廷式十大罪状，危言耸听。慈禧一读密折，甚为震怒。于是，当天上谕，密电两江总督刘坤一、江西巡抚翁曾桂：

> 已革翰林侍读学士文廷式，是否在籍，抑在上海一带？著刘坤一、翁曾桂密饬访拿，押解来京。

随后又发出密旨：拿获文廷式后"可就地正法"。同日发出的还有密捕"匪首"孙文的旨令。

文廷式为躲避慈禧通缉，在倾向变法的湖南巡抚陈宝箴和他的儿子——也是文廷式友人的陈三立暗中相助下，暂时逃离萍乡，几经辗转隐居上海。期间，自叹"滨海经年作寓公"，悲愤写出《落花诗十二首》表达心迹。一年后，在日本驻上海总领事小田切的帮助下东渡日本。光绪二十六年

(1900)夏，文廷式回国，后漂泊于长沙、南昌、武汉、南京、上海等地。几年流离，终忧郁成病，最后拖着病体“落叶归根”，从上海回到祖地萍乡。

回乡后他很少出门，但常去一个他日思夜想的地方，这个曾经为之喜、为之忧的地方，有他生命中一段特殊的经历，这就是安源。

这时，萍乡煤矿机械开矿已近六年，面貌已与几年前大不相同。峰峦环抱之间，荒草、土窿已经不见，代之以高高的洗煤台，炼焦炉、机器厂、火砖厂。矿区内，煤槽铁轨，四通八达；总平巷前，煤窿电车，往来不绝。运煤的铁路已修至醴陵，正向株洲延伸……

这一切，难免引发文廷式一番感慨。

光绪三十年(1904)八月二十四日，文廷式突然病情加重，子时逝于萍乡县城花庙前。49岁的生命，那饱含着哀伤、悲愤和遗憾的生命，就这样悄然流逝。曾经啸傲一时的灵魂，被夜风一吹，便也随之消散。

依照生前的意愿，他被葬于中国佛教五家七宗之一的扬岐禅宗发祥地——上栗扬岐山普通寺后。

徘徊张公祠

一个雾霭迷茫的初春，我独自徘徊于一座小楼前。

这是一座德式建筑风格的楼房，二层砖木结构，百年余了，愈显古朴和庄重。通体红砖砌就的墙面，烘形的走廊，褐红色的门窗……其风格就如同坐落于矿内的安源公务总汇（也就是安源工运史上有名的谈判大楼）。已经被踩踏过百年的木质楼板，轻轻走动都会发出不同的声响，似乎唤醒了这座小楼过去的记忆。

正是因为楼体的颜色，当地人称之为“红房子”。红房子有个让人肃然起敬的名字：张公祠。

按照旧时中国的传统，凡冠以“祠”的房子，均为纪念伟人名士或者有功德的人而修建的房屋（相当于我们现在的纪念堂），在这一点上，与民间的庙宇仿佛有些相似。安源修建的这座楼，纪念的正是一位他们认为值得纪念的人。

此人名张赞宸，萍乡煤矿的开矿元勋。

许多资料都在说：他因创办萍乡煤矿“积劳成疾”，“心力交瘁”，在离开安源赴任天津银行总办途中，终于病倒，两个月后竟病逝于上海医院，从此再也没有回到安源。据安源史家撰文:“萍矿人为纪念他,于1908年自发捐资建立这座大楼,称为张公祠。”

“自发捐资”一事无从考证,但“张公祠”这座楼的名字,却存留于史册中。

一座已有百年历史的楼房,见证了过去的风风雨雨。眼前,大楼楼身虽是墙体斑驳,但通体的红砖仍然醒目。随着历史的推移,这栋楼不仅是在表达对一位“功勋”的敬意,还承载了一段“红色”的光环:1926年北伐军到达安源,国民党安源市党部就设在这座楼内;1927年9月,影响中国革命进程的秋收起义爆发,参加起义的工农革命军第一师第二团就是从这里汇合出发,开赴战场。

如今,此楼已被开辟为“中国少年儿童运动安源纪念馆”。在红色墙面的基调上,正门的白色面倒显得有些不协调,门额用水泥塑成的“毛泽东思想永放光芒”几个金字,和大门两旁镌刻的毛泽东手书“发扬革命传统,争取更大光荣”,均为“文化大革命”时期遗留,叫人很容易触景生情。

历史如烟,物是人非。百年前这座为纪念江南最大煤矿的建造者而造的“祠”,人们让它扮演了另外的“角色”。如同这座房子的颜色一样,它成了纪念革命岁月的“红色”旧址。

而楼房的主人张赞宸,却成了一个渐渐被人遗忘的名字。留给后人的,只有这座房子。

我曾经试着询问过安源当地人:“你们晓得这座老房子的来历么?”他们摇头。脸上一片茫然。或者会支支吾吾说:“好像……以前……住过一个资本家的吧。”

其实,不知道是情理之中的事。这几十年来人们在为生计而奔波,而发愁,谁还会有心思去深究一栋楼的过去?

一

也许正是由于这座“张公祠”的来历，诱使我走近这位历史人物。

其实，在很多年前初涉安源历史时，我对张赞宸这个煤矿“总办”是谈不上什么好感的。究其原因，除了那个时代将其归于“剥削阶级”代表人物之外，还有一个重要的原因：他与一场著名起义的失败有关。起义中安源一支主力队伍的覆灭，似乎与他脱不了干系：他充当了起义“剿杀者”的角色。

这是史称“丙午起义”的一次反清革命，后人称之为“萍浏醴起义”。起义始发于光绪三十二年（1906）12月初，那时节，湖南发生水灾，官僚豪绅乘机哄抬米价，饥民载道。同盟会会员刘道一等人借机从日本回到湘赣边界，联络会党，宣传同盟会纲领，确定在江西萍乡、湖南浏阳和醴陵三地同时发动起义。萍乡方面则以安源煤矿矿工数千人为主力。起义军仓促举事，清政府调集湘鄂赣及江宁（今南京）数万军队镇压，当时，萍乡矿局正是起义中心，张赞宸怕矿局遭到破坏，一方面将路矿两局的外籍专家及家属送到长沙暂避，另一方面组织防营护勇保护矿局，并敦促湖广总督张之洞迅速调派将弁到萍乡，越境会剿……

就是他招来的清兵，让这支起义的主力队伍“出师未捷身先死。”

据说，起义爆发后，号称“老龙王”的洪江会首领、安源煤矿工人领班肖克昌带领数千矿工，正摩拳擦掌，准备起义，不料却中了清兵头领和张赞宸共同设下的一个“圈套”，被捕后解往萍乡城砍了头……

如果历史真是如此，肖克昌之死是要记上张赞宸一笔血债的。

在这个问题上，张赞宸与时任机电处处长，后来担任矿长的李寿铨则是“两股道上跑的车”。李此时已是同盟会会员，是这次起义的暗中支持者和组织者。也就是说，被诱杀的安源义军头目肖克昌，就是他的“同志”。

我们似乎有充足理由摒弃这个朝廷的“帮凶”。只要这场被称之为“辛亥革命先声”的起义彪炳史册，请张之洞派兵剿杀起义的他就难辞其咎。

但历史并非如此简单。一百多年后的今天，当我以平静的、历史的眼光去看待一个已经逝去多年的人物，当我们从心底剔除一种惯性的思维，似乎就会少一些狭隘和仇恨，多了一些理解和谅解。

一座由他苦心经营多年的煤矿，它的生存与否直接维系着时为中国最大的铁厂汉阳铁厂的命运。这里的一砖一瓦都浸透着他的心血。他带着“实业救国”的强烈意愿，将命运和理想都“押”在这里。他必须竭力保护这座矿山，甚至以“极端”的方式换来煤矿的“平安”。他只能这样去做，甚至用生命作为代价，他别无选择。

但正因为如此，张赞宸永远被“划”到革命者的对立面，不但被无产阶级所摒弃，还要被以孙中山为首的资产阶级革命阵营所摒弃。

可是，事情远比我们想象的要复杂得多，后来所发生的一切，将我们过去所谓“阶级”分类的“成见”打得粉碎。

我看到过一份史料：张赞宸与著名共产党人张太雷的父亲张亮采是堂兄弟，张赞宸的儿子张志让（1894—1978）在张太雷影响下，投身反帝反封建的大革命洪流，成为一名热忱的爱国民主志士。中华人民共和国成立后，张志让曾出席中国人民政治协商会议第一届全体会议，被选为第一、二、三、四届全国人民代表大会代表，历任中国人民政治协商会议第五届全国委员会常务委员，第二、三届全国人民代表大会法案委员会委员，政务院政治法律委员会委员、法制委员会委员，最高人民法院副院长，是中国当代著名法学家……

二

在江苏常州有一条著名的街巷，叫青果巷。

这是一条我不曾踏足的街巷，近些日子却如梦萦绕在心。

这是一条因河而兴的街巷，从我所接触到的关于青果巷的图片中可以看出，护城河伴随着一条长仅数百米的、已经破旧不堪的街巷，看上去有些像家乡南门桥那段临河的小街。据史载，这条街巷始建于明万历年间，是一条古巷，很多年前，这里曾经是南北果品集散地，沿岸有众多的各类果品店铺应运而生，于是便有了“千果巷”之称。因为常州方言中“千”和“青”分不太清，慢慢地就叫成了“青果巷”。

青果巷是一条充满灵气的小街巷，历朝历代出了近百位进士，被人称之为“进士街”。近代以来更是名门望族的聚居地和时代精英的荟萃之地。如中国“实业之父”盛宣怀，中国共产党早期领导人瞿秋白和张太雷，国际知名语言学家、音乐家赵元任，《官场现形记》作者李伯元，萍矿总办的张赞宸……都曾在青果巷生活过。

这里的唐氏贞和堂，正是属张赞宸家族所有。

如今的青果巷已经湮没于嚣闹的城市中，近些年周边如春笋般耸立的高楼，将小街巷映衬得越发陈旧和破败。古老的民居建筑渐渐被城区改造逐年蚕食。听说巷西一段就已被拆得面目全非，其中就有部分是盛宣怀和李伯元故居。

此时，思绪正穿过这条街巷，穿越临河的粉墙黛瓦马头墙，雕花长窗，穿越一座座充满历史沧桑的石库门和门楼，从一砖一瓦、一木一石之间去寻找他的故事，在这条演绎了千年风云的古老街巷寻找他的影子。

张赞宸，号韶甄，生于 1862 年，与晚清赫赫有名的大商人盛宣怀都是常州（武进）人。

能够赴任萍乡煤矿总局的总办，为萍矿的创建“披荆斩棘”，当然离不开他对乡人盛宣怀的一片忠诚，更离不开盛宣怀对他的信赖。

因为历史资料有限，我不知道盛宣怀是如何看中这个“乡人”的。盛宣怀重用他时，张赞宸还只不过是湖北省一个小小的候补知县，盛宣怀找到了他，邀请他“出山”，协助经营汉阳铁厂。这年的 4 月，盛宣怀刚刚从张之洞手里接下汉阳铁厂这个“烂摊子”，三个月后，身为汉阳铁厂督办的盛宣怀就将张赞宸请到了铁厂，会办银钱股事。几个月后又被升任为汉阳铁厂提调兼稽核。张赞宸对盛宣怀这位中国最有能耐的实业家崇敬之情毋庸置疑，他渴望能跟随盛宣怀做一番大事业。

因为一个特殊的“关口”，第二年夏天，张赞宸被盛宣怀委以另一个重任，并因此影响了他的一生。这天，盛宣怀将他叫到跟前，以极严肃、同时也极信任的目光看着他，对他说出一番话，告知了他的一个计划。汉阳铁厂因为缺少优质的焦煤，正处进退两难的境地，而眼前能够给他带来一线希望的，只有赣西萍乡。

对萍乡煤炭的了解，盛宣怀是几年前从张之洞嘴里得知的，而这个信息的传播者，则是清廷翰林院侍读学士、祖地为萍乡的文廷式。他因中日甲午战争期间力主抗击、上疏请罢慈禧生日“庆典”、奏劾李鸿章、支持强学会等罪名被革职驱逐出京，回到家乡办矿，他曾经建议盛宣怀在萍乡采用西法机械开矿。

要改变铁厂缺煤的严峻局面，采用西法在萍乡进行机械开矿不失为最佳的选择。但，萍乡地下究竟有多少煤？能不能大规模采掘？他心里实在没有底。于是，1896 年 9 月间，他派汉阳铁厂的恽积勋陪德国矿师马克斯、赖伦前往萍乡，对当地的煤源进行了一次初步的勘探。这一探，发现果然煤源丰富，“脉旺质佳，迥非他处可比”，并预测：“如每年采用一百万吨，可供五百年之用”。盛宣怀始动开发萍乡煤炭之心。但盛宣怀做事不失之稳重，他要在进行大规模开发之前，对萍乡安源一带再来一次复勘，为大规模开矿做准备。

这是一次决定最后结局的复勘，事关重大。他知道，一座大型煤矿的创办是需要大量银子的，万万失算不得。他决定派出一名最可信赖的人前往萍乡。

于是他想到了张赞宸，这个正在身边做事的“精明”的同乡。

三

张赞宸首次来安源是1897年的农历六月间。随他一起来的,还有德国锡根公司的矿师赖伦和马克斯;还有他所看中的得力助手、扬州人李寿铨。从此,这个从常州青果巷里走出来的人,其命运开始与煤炭“捆绑”在了一起。

这是一段酷热难耐的日子。他们带着各种勘测器,先是乘坐火轮经长江,过洞庭湖和湘江到株洲,然后转乘小帆船,经渌江到萍乡长潭下船,然后徒步走几十里路来到萍乡。张赞宸怀揣着一腔热血而来。这埋藏在地底下亿万年的黑色物质给了他太大的吸引,他深知这黑色物质的分量:说小点,关乎汉阳铁厂的命运;说大点,与中国民族工业的命运、与实业强国的梦想息息相关。

眼前是一座座荆棘遍地的深山丛林,大大小小数百口土井散布于方圆几十里的崇山峻岭中。张赞宸知道,这就是他即将要开辟的事业。也许,这一生正是为此而来。从酷夏到寒冬,在几个月的时间里,张赞宸带着两位洋矿师,携带着干粮跑遍了小坑、紫家冲、安源、王家源、龙家冲和高坑,“尽访窿区,逐井考查”。

复勘结果无疑是令人振奋的。

张赞宸给盛宣怀回信说:萍乡煤炭“非沿江各处煤井所能比拟”,“焦炭为养命之源,萍乡为必由之路”。他还认为,欲开发萍乡煤炭资源,唯有改弦易辙,采用西法,运用机器大举开采,才能达到兴办实业的目的。他还提出了筹巨款、修轨道、造浅水轮、设官钱号、派兵筹防等设想,以及定矿界、修运道、筑铁路、建仓积谷、兴学储才等建议,并认定,萍乡理想的建矿之地就是安源,这里,群山环绕着一驰平地,是上天赐给他们的一块宝地。张赞宸还在信中说:“东流、康中无效,不自今日始,赞去年曾力陈钧听,萍矿既已派定，似不宜迟疑。”

盛宣怀这才算吃了定心丸，一块久搁在心里的大石头终于落地。

在这之前，盛宣怀为了稳重起见，仍采取了“双管齐下”的策略，就在张赞宸来萍乡复勘之时，又派员各赴安徽的池州东流、马鞍山和湖北的康中等地进行探矿，希望能够找到一块更理想之地。只是，之前所有反馈的消息都令他失望。接到张赞宸的信后，他旋即会同张之洞，向朝廷送上了关于创办萍乡煤矿的奏折，并很快得到朝廷“恩准”。

于是，盛宣怀开始将资金和人力向萍乡煤矿倾斜。名不见经传的赣西一隅，开始被点化成“金”。1897 年冬，张赞宸收并了文廷式的“广泰福”商号，将商号设在紫家冲的 7 个厂 18 口井，作为建矿的基础。1898 年 3 月 21 日，清政府铁路总公司督办大臣盛宣怀颁发“萍乡煤矿等处总局”关防印信。从此，萍乡煤矿正式创办。张赞宸被任命为萍乡煤矿总办，下设机矿、煤务、材料三大处，负责建矿事宜。

张赞宸和他的助手们就此拉开了建设大清洋矿的架势。那一年，张赞宸 36 岁。

但是，要在偏僻的山区开辟出一座西式的矿山，绝非易事。萍乡境内的煤田称为“盆式大槽煤”，煤都藏在山腹里，不便于直接开采。这里荆榛满地，只有数间茅屋在凄迷的荒草中摇曳。张赞宸选了这一个地势较为平坦的地段开始向山之腹地开掘，入巷处称之为“总平巷”。

这是张赞宸开拓的第一个煤巷，开矿就此拉开序幕。

总平巷“高六七尺，宽一丈许，长约三千多尺”。与六方井相通，全砌砖瓮，通铺钢轨，两巷接通风路和车路，巷内有各号钻石机，钻石开煤，再由电车头挂一列列车斗装煤运出。采用当时世界最先进的技术开凿。

接着，又完成了东、西两大平巷和八方、六方两大竖井的建井工程，先后建成大小洗煤台、炼焦炉、煤砖厂、电机房、发电厂、机械制造修理厂等成套的采煤炼焦设备，安装完成矿轨、煤车、起重、抽水、发电等机器，并在紫家冲、小坑、龙家冲、王家源、高坑等地建有分矿，共有土井14处。

历时十年的萍乡煤矿基本建设，共耗资约670万银两。时任机电处长的李寿铨撰《萍矿说略》20章纪其事。“序言”中写道：“仅历十稔，而荒僻无人之境，一变为通衢繁富之场。矿以外天梯石栈，厂房云连；矿以内毂击肩摩，煤巷如市。萃西欧各名厂之新机，开东亚数千年之宿蕴，煌煌乎一巨观也。”

如今，来安源参观有一处是必去的，这就是总平巷。

立于由红砖砌就的总平巷瓮形巷道口前，看钢轨伸进巷道深处，往事就在延伸。总平巷后因上世纪二十年代初毛泽东来此“考察”而驰名。90年前，这位刚刚23岁的热血青年第一次来到安源“播撒革命火种”，就是从这个巷道口进入到“掌子面”与工人见面的。

新建成的安源煤矿，一举成为我国最早采用西法机械生产、运输、洗煤、炼焦的煤矿。自此，中国北有开平，南有安源，而安源后来居上，名满中外，被列为“中国十大厂矿”之一，誉为“小上海”，时有中外来宾前来观光旅游。光绪三十四年(1908)，时为亚洲最早最大的钢铁联合企业——汉冶萍煤铁厂矿有限公司成立于上海，拟招商资本2000万元，盛宣怀任总理。萍乡煤矿便和大冶铁矿、汉阳铁厂一起成为这个联合企业的组成部分。

十年创业，其艰难可想而知，李寿铨在他的《萍矿说略》中也有记载：“创办之初，内地风气未开，百计阻挠，事多棘手。基础甫立，旋值庚辛之岁，风鹤频惊，地方不靖，工程因之窒滞。嗣后又遭匪乱，工程未辍，屡濒于危，此皆开矿以来叠经之磨折也。而卒以当事者坚忍镇定，上下一心，历尽艰难，得有此成功之一日……”

这一切，离不开张赞宸这个“总办”的功劳。

四

几年前，有人在安源镇新生村发现一块花岗岩界石，界石长0.69米，宽为0.20米、厚0.12米，上面刻有“株萍铁路界”字样，修建这条铁路的时间和英文字母标志，仍清晰可见。

这个发现，让博物馆的考古人员兴奋了好一阵子。

如今，这条古老的的铁路还平卧延伸在萍乡境内，成为浙赣线的一段，百年后的今天仍在使用。行走在这条铁路线上，我自然会想：从脚下延伸远处的铁轨，毫无疑问是由汉阳铁厂铸造出来的“国货”，而冶炼出这些铁轨的燃料，一定是萍乡的焦煤。侧耳倾听，百年路基似乎还能隐约传导出辽远的、火车铁轮碾压铁轨发出的“空咣”声，极容易把人带到那个不同寻常的岁月。

这是江南第一条铁路——株萍铁路，这条铁路的修建，离不开张赞宸的力举倡议之功。

萍乡煤矿正式开矿后，从萍乡到汉阳，迢迢数百里，煤要运达汉阳，只有一条通道这就是萍水。他们必须利用这条并不宽阔的河流，先用小船将煤水运到湘东的一个集运码头，再经湖南醴陵运到湘江，最后顺长江运达汉阳铁厂。此时的萍水是维系汉阳铁厂的一条交通命脉。

但是，萍乡地处僻壤，萍水河入冬水浅，夏秋农民又筑坝蓄水，再加上萍水过醴陵段的渌江水也太小、过浅，常常是百余号船阻滞在此，一堵就是数日。1898年初，随着煤产量的增加，萍乡至汉阳煤焦运道就开始承受巨大压力。为解决此问题，张赞宸曾一度用小驴运煤，但这终归不是长久之计。

运输阻滞不但影响了铁厂的炼铁，也造成了萍乡煤矿资金周转困难，1898年9月，“仅以煤焦一项而计，存山，存萍运途已搁本二十余万，运道艰阻，出煤越多，搁本越重，款项支绌，焦灼万分”，严重危及萍乡煤矿的经营。

心急如焚张赞宸就曾写信给盛宣怀：“萍存焦五千吨，生煤二千吨，河水浅处仅五六寸，驳船又少，正在并力设法，焦灼之至。运道不通，即诸葛复生，煤难起色。”

其实，张赞宸在1897年夏天刚刚来到萍乡复察煤务后，就向盛宣怀提出过这个问题，那时他就预计“运道是制约萍乡煤矿发展的瓶颈”，“非仿西法设挂线路不未功”，主张修筑连接萍乡到湘江的铁路。

后来，煤矿的发展果然如张赞宸所料，运输问题如“瓶颈”，严重影响了大冶铁厂的正常生产。他开始敦促盛宣怀尽快决断。

他的提议终于打动了盛宣怀。在这以前的1896年，清政府在上海设立了铁路总公司，担任总公司督办大臣的就是盛宣怀。当时，清朝兴办卢汉、粤汉两路，钢铁材料由汉阳铁厂熔铸，其所需焦煤，都是由江西萍乡煤矿提供。盛宣怀当然深知修造这条铁路的重要性。光绪二十四年(1898)他奏请朝廷，提出先修筑从萍乡至醴陵双江口一段，称之为萍醴铁路，再修通至株洲的一段。

他的奏请得到了朝廷的“恩准”。

盛宣怀指定芦保、淞沪建设余款项下拨用库平银152万两。以每元7钱折合银圆217万元，开始修筑萍醴一段。光绪二十五年(1899)八月，盛宣怀委派美总工程师李治等从安源开始勘测地形，随同他一起来的，还有我国著名铁路工程师詹天佑。

詹天佑以修建我国自主设计并建造的第一条铁路——京张铁路闻名于世，他的故事早就进入了中学语文教材。可他参与修建株萍路的史实却鲜为人知。

在设计过程中，李治为了省钱求快，提出要采用600毫米宽的所谓美国标准轨距，詹天佑不同意，与李治发生了矛盾。他知道这种铁轨纵然铺好，从安源开出的火车却不能直接走轨，而要用手推式翻斗车中转运输物质，是不实用的，也无法长久使用，主张按英制4尺8寸(1435毫米)的标准轨距建路，才能与安源接轨。

最后，这场争论以詹天佑的胜利而告终。但是，修建湘东大桥时，李治却带着他的美国工程师团队拂袖而去，连设计图纸也全部带走。

湘东大桥横跨萍水，水面宽130多米，水流湍急，修桥难度极大。但詹天佑并没有因此退缩，在没有图纸的情况下他重新勘测和设计，采用土洋结合的办法，调来数只小船，配以足够的沙袋和草袋，在桥墩地基周围挖一个水池，用水车将水车干，即行打桩，稳固墩座。桥墩完成后，又亲自指挥架梁，不到3个月的时间，湘东大桥便铺上了钢轨。

随后，他又用同样的办法架通了另外两座大桥……

1903年农历六月二十八日萍醴铁路竣工，七月一日通车。萍乡至醴陵的铁路通车。接着，同年开始展筑醴株线，盛宣怀为此又下拨用库平银141万两，折合银圆210万元。至1908年，株萍路建设工程共耗时6年有余，共计花费白银450万两，这在当时不能不说是一笔很大的数字。

萍乡至株洲铁路全长89公里，成为江南最早的一条铁路。

运输条件的改变，大大减轻了经营成本。光绪三十年，张赞宸汇报萍乡煤矿的经营情况时说："时自二十四年起，结至三十年十一月底，萍矿共已运到汉阳铁厂焦炭三十二万一千余吨，生煤十九万一千余吨。即就焦价一项计之，每吨洋例银十一两，较之从前购用开平焦，每吨连运费一切开销需银十六、七两者，实已为铁厂省银一百六、七十万；若购用洋焦，则更不止此数矣。"

铁路的修建不但推动了汉冶萍公司的最后的形成，闭塞的萍乡与外界也因此打通。

写到此，自然让我又想起一个故事。

张赞宸在建矿的第二年(1899)，用8个月的时间赶修了一条运煤铁路，全长7.23公里，起自安源煤矿，终点在萍乡县城萍水河边的宋家坊。全段铁路用汉阳铁厂轧制的85磅轻轨铺就，这可是萍矿开矿初期的一条运输生命线。修成后，盛宣怀也欣喜不已，"安萍路成，煤焦可出，机器可入"，即刻致函祝贺。

铁路是修成了，就等着来火车。当时煤矿向德国礼和洋行订购了一个火车头，称"礼和龙头"，车头全身是铁，体积又重又大，运到了上海后，先是用大轮船从上海送到长江汉口，又从汉口换船上行进入湘江，好不容易运到湖南株洲，已经是千辛万苦。可从株洲到萍乡却遇到了大麻烦：这段路只有一条并不宽阔的河水可供行走，河水很浅，不能行大船。

这可难住了作为总办的张赞宸，没有火车，修铁路何用？

张赞宸决定向德国矿师要办法。赖伦倒是深思了片刻，最后想出了一计："拆！"

怎么拆？赖伦说："拆解"，也就是把车头拆解成一个个小部件，再用船把车头部件分别运到萍乡再重新组装。张赞宸恍然大悟。依赖伦的办法，工人开始将这"庞然大物"化整为零，一个硕大的火车头被分解成26件，各自装上木船，先运到萍乡宋家坊铁路旁，然后再一件件拼装起来。

这一拆一合，造就了安源煤矿第一声火车汽笛的鸣叫。

五

1907年2月2日，萍乡正处在寒风凛冽的隆冬季节。一列停靠在安源的火车正一阵阵地喷着蒸汽，似在寒冬里重重地喘息。

此刻，张赞宸正站在火车旁。自从株萍铁路通车后，他不知多少次乘坐这辆煤车外出办事，又乘坐煤车回来。而今天，正要登上火车的他心里却是一番酸楚。这是一个难舍难分的日子，他要离开这座由他一手创建的煤矿。

他要离开安源赴任新职，朝廷下旨调任他为天津银行总办。听说，他能担任此等要职，是因为一位朝廷重臣——兵部尚书铁良的举荐。而他能够被铁良的赏识，完全缘于一次偶然的机会。

甲午战败后，朝廷曾计划将上海的江南制造局（晚清最重要的兵工厂）迁到更隐蔽的地方，新址先是定在芜湖湾沚，计划用五年时间建成中国最大的官办军火工业基地。方案先是由时任两江总督的张之洞提出，可后来却突然改变了主意，他与朝廷重臣魏光焘联名奏章光绪，提出要将新厂址由芜湖湾沚改为江西萍乡。

而这一主意的改变,恰恰是张赞宸建议的结果。

张、魏在联奏中称:张之洞赴芜湖湾沚考察,临行前在武昌与张赞宸见过一面,张赞宸汇报了萍乡采煤和炼焦炭成效颇备,正在试办铁矿,并且提出江南制造总局应迁移到萍乡,而不是湾沚,并一一陈述了理由。显然,张之洞接受了这一建议,所以在奏章中说:"萍乡地势既属深邃,运道亦极畅通,洵为两全……"

于是,清光绪三十年(1904)农历十二月初三日,朝廷专门派了时任兵部尚书的铁良亲临萍乡安源考察。最后选定安源邻近的杨家场作为枪炮厂的新址。虽然这个计划因种种原因最终未能实施,但正是此行,让铁良不但看到了安源煤矿的宏大规模,更对张赞宸创办实业所展现的才能大加赞许。铁良对张赞宸在安源创办银钱业一事十分欣赏,他发现,眼前这个煤矿总办不但是个身体力行的管理家,还是个理财高手。

建造江南第一大矿,每天少不了要大量的现金开支。当时萍矿除安源机、矿而外,萍乡一带煤井321口都由萍矿经营。仅就安源机矿本身来说有工人5000多人,所需工资、伙食每日就不下2000元;再加上总平巷、直井、铁路等大规模工程正在兴建,还有煤砖、炼焦、汉阳运销局、岳州转运局、长沙经销局、株洲转运局、湘潭转运局等的开支,每日至少也得三四万元。还有船户、挑夫的"力资"这可是到时就要的,是刻不容缓的急用款,而且都是零钱散支,一旦接济不上,就会出麻烦。

张赞宸对此深有感受,他说:"日需现钱、现洋支给各井矿、厂挖炼经费及挑煤脚力、运煤船力等项为数浩繁……"他还说:"自来创办矿业,全持银、洋、钱远近流通,一旦不能流通.则一日无以自立……"

张赞宸决意创办钱行。他对盛宣怀表白了自己的想法:希望能先由矿局拨出湘丰银10万两作为铺底资金,试办"萍乡矿务局官钱号",以统管矿局进出各款及钱银兑换。盛宣怀表示同意。其实,盛宣怀也早就欣赏张赞宸的理财才能,在汉阳铁厂做事时,盛宣怀就用其所长让他担任会办银钱股事,后来又要他担任提调兼稽核,做的都是跟"钱"有关的事。

光绪二十五年(1899)4 月 8 日,"官钱号"正式挂牌成立。随后,又在湘潭转运萍煤局、醴陵稽查萍煤局两处设了官钱分号。

"官钱号"也称"钱庄"或"钱店",为官府所办的金融机构,用矿票、吊票、竹筹的发行手段,通过该公司发薪饷的名义发至工人手中,经工人在萍矿内部发行流通使用,进而扩展至矿外的安源市场,继而扩展到萍乡城内米市流通使用。官钱号的设立,既解决了矿局日需各款及意外急需,也解决了外地经销煤款现金运至萍乡的劳累和风险,同时又减少了因贴汇水的损失。而且在银钱兑换中大占群众的便宜。比如说本来市面上用六吊(六千文)可兑一块银圆,但你拿矿票去兑,他就要六吊多甚至七吊,换一块银圆就要吃吊把几百文钱的亏,也就是说兑进或换出,"官钱号"都是要收取补水的。

安源纪念馆至今保存的一种"竹筹",就是萍乡矿务局官钱号先后发行用于市场找零的一种,面额为壹佰文(即铜圆小板十枚),作为矿票的辅币。这种竹筹是在苏州定造的,筹上加火蜡印,两面有字。一面是凭筹发九八钱壹百文,戊午年刻制的为"凭筹发铜圆拾枚",另一面刻"萍乡矿务局官钱号",竹筹还编了号码以便合对。竹筹长八公分,宽三公分,用刀刻黑字后涂了油漆,是罕见的一种萍乡地方独特货币。

铁良欣赏张赞宸的管理才能,张赞宸对铁良也是敬佩有加。这敬佩之情,正是铁良的安源之行才让张赞宸"油然而生"的。

铁良虽是个忠诚晚清帝制的清廷大臣,安源之行却给人们留下一段佳话。

我看到过一份史料:铁良来之前,盛宣怀曾给张赞宸去电告诫,奉陪铁良时切记"惟车价须自备付讫","届时应用小轮船及萍醴火车,均须预备,不收赏项",可见盛宣怀自是早知铁良的"清廉"。铁良考察回程后,张赞宸在给盛宣怀的电报中流露出对铁良的敬佩:"铁使初三阅矿,内外皆到,垂询甚细,自鄂至萍,沿途不受供应,清节可敬。”还对盛宣怀说,铁良到矿考察不仅不受请,反而“倒赏家丁洋廿元,火车匠等赏洋百元……”

且不论这位朝廷大员的功过是非,仅此不收地方钱财,还“倒赏”家丁和火车司机钱之举,就不得不令人赞许。也正是因为如此,张赞宸有铁良这样的“清官”举荐,不能不说是一件很荣光的事。

六

张赞宸赴新职了,离别时,回望安源,万般滋味涌上心头。安源矿局全体员工前来相送,一片难舍之情。张赞宸当时也潸然落泪。

离开安源后他还来过一信,细细叮嘱:“萍矿事妥,出煤日旺,惟株岳运道为矿命根,大局利害所关悉系乎此……”不舍之情溢于言表,仍是放心不下这个十年来令他梦牵魂绕的矿山啊!

想不到,他迁任之日,已是油尽灯枯之时。

长年的奔波操劳已使他的身体每况愈下,再加上不久前萍浏醴起义事发,他“深夜往返,不避严寒,内伤外感,又值胞弟在鄂病故,茹痛力疾,势更不支”,到后来,其病情已非常危险。盛宣怀得知后,急电催他先赴上海就医,再去天津银行履新。

张赞宸只好住进了医院。

在上海住院期间,又发生了一件让萍乡煤矿全体员司为之感动不已的事。

按理说,一位为萍乡煤矿殚精竭虑、立下赫赫功勋的总办,在上海住院期间的医疗费完全可由矿局负担。但张赞宸坚决不同意,他反复交代家人:全部医药费用要用自己的薪金支付,不得动用矿局一文钱。他的这一决定,几乎耗尽了自己全部的积蓄。

矿局员司得知此事,无不感动,他们纷纷捐款赠物,然后派人送到上海。

张赞宸哪里肯收,但碍于情面,也只好暂且收下。待到病重之时,他未忘嘱咐家人:将所有礼物变卖,将钱换成银锭,然后铸成多块"萍乡煤矿建成纪念"银牌,回赠给萍矿每位员司……

我看到过这样一份史料,张赞宸在任的近十年,萍乡煤矿共收款867.7万余两,盘存款418.4万两,支款1250.2两,收支相抵盈余约35.9万两。这是他用自己十载年华创造出的如此巨大的财富,可他没有居功自傲,病重危难之时仍不肯为自己花一文半文。如此清廉之气,实在足以令如今许多官员汗颜。

1907年4月13日(农历三月初一),张赞宸病逝于上海。在萍矿整整十年,35岁来,45岁去,短暂的生命也就如天边划过的流星消失了。噩耗传来,正在上海的盛宣怀难抑痛失助手之悲,写下一副挽联:

开萍乡实业,殚精竭虑,成绩昭彰,身后勋名,当与山灵同不朽;

自芝罘来游,集益推诚,相期远大,生前气谊,有非铭述所能传。

张赞宸走后,原机电处长的李寿铨接任萍乡煤矿会办。这些年,他与张赞宸一路走来,抚今追昔,感慨万千。他寻思着他为已经远去的同事做点什么,最后决定:倡议全体职员捐资建造一座张公祠,好让后人永记他的功德。

张公祠建成后,萍矿每年农历三月初一日都要在此举行纪念大会,以缅怀张赞宸建矿之功。这一天,成为萍乡煤矿建矿纪念之日,也是张赞宸的离世之日……

兰花之祭

一

一盆兰花静静地搁在窗台上。这是李寿铨在安源半山坡桐梓坡的寓所,他在这里已经住了许多个年头。

他细心地用小水壶浇着他的兰,清澈的水滴轻轻地洒在兰叶上,兰叶在他的面前轻轻地摆动。他喜兰,喜兰的气清、色清、神清和韵清,喜兰的高洁和清雅。所谓花中君子就是指的兰花。这盆兰花是他托人从家乡扬州带来的,品名为春兰。这是一种在长江流域、江浙一带分布较广的名花,高约一尺许,长筒状的根部,长长的叶片自茎部簇生,两到三片成一束。正是阳春三月,花开的季节,有浓郁纯正的香从他的眼前飘来。

他常将兰的禀性与人品相比,他想做个高洁的人。

可是,他浇花的动作凝固了。他突然从长长的青叶上发现了什么。他急忙唤来妻子:"你看看,这叶子,这叶子,又长斑了!"他心痛地说,声音显得有些伤感。

长长的,本来青翠得发亮的叶片上,果然零零落落出现了许多斑点,如同一个亭亭玉立的女子脸上溅了污泥，让人看了心痛。

这是不得不正视的事实，美丽的、象征着清洁自高的春兰，被无端地玷污了。而且这种被玷污的情况，并不止一次两次，自从他来安源之后，自从他爱上兰花，并把她从扬州老家买来，他就发现，放在家里的兰花，过了两三天总会变质。

这是为什么？他想来想去，并通过细心的观察，他发现，那破坏花的容貌的，竟是矿山的煤灰。

后来，他将他的发现和感慨全写在了日记里："萍乡宜竹，安源山本多竹。自开煤矿，炉烟所触，竹尽萎，不数年，近矿诸山，无复一竿青竹矣！予爱兰，近四五年，购兰数盆，长叶青洁，无一点斑，可爱之至！乃到家不三日，已生斑矣。兰喜阴，移置阴处，斑反渐多，不解其故。后于清晨，见镏中多炭屑，始知乃为炉烟飞屑所触，无可避也。甚惜之！因思兰竹为最清洁之品，着不得少许烟火气。可知人之清洁自高，不受尘浸者，亦非与世推移之道也。"

兰花来不得少许的烟火气，人生于尘世之中，又怎么能逃得脱呢？

李寿铨一番伤感涌上心来。

二

伫于兰花前的，为花的玷污而忧愁、而迷茫的李寿铨，正是"萍乡煤矿创始之人"（盛宣怀语），时任萍乡煤矿矿长。

李寿铨，字镜澄，出生于江苏江都大桥镇。许多年来，面对这名矿长，人们总有"雾里看花"之感。就像很多人描述的资本家一样，总是将他作为"剥削者"来掂量的，是榨取"剩余价值"的"吸血鬼"。

电影《燎原》，是第一部反映安源工人运动的国产电影，上世纪六十年代初由天马电影制片厂拍摄。那个在工人的怒火中节节败退的矿长吴晓岚，正是李寿铨等资方代表的化身。而曾经被收入中学课文的故事《刘少奇一身是胆》,写得也正是青年刘少奇作为安源路矿工人俱乐部推选的代表,与包括戒严司令李鸿程为代表的资方谈判时,一段正义凛然的动人情节。李寿铨在谈判现场。几十年来,李寿铨作为资本家的代表,自然成为被"妖魔化"的形象,如同火络一般刻在了人们心上。

记得还是上世纪七十年代初,我曾经与人合作撰写关于安源的一部书,为收集资料,我来到李寿铨的老家——扬州,采访过他的儿子,当时已近50岁的李为扬。

李为扬生于安源,并在安源长大成人,是喝安源山的水长大的。四十年代他考取了清华大学,他的扬州同乡——大文豪朱自清那时正是清华大学的老师。(朱自清于扬州八中毕业,李为扬进入清华大学时,他已成为了大学教授。)在一个小阁楼他的书房里,我与他面对面而坐。在谈及他的父亲时,他开始两眼放光。因为他在安源出生,对这座中国最早的机矿有深刻的印象,对安源的一草一木,仍残存不少记忆,他想说的似乎很多,可欲言又止,似有难言之隐。

如今想起,在当时那个万马齐喑的年代,谈"资"色变,对于一个曾做过旧社会煤矿矿长的父亲,他又能说些什么呢?说父亲的好,与时势不合;说父亲的过,又昧了自己的良心。

"我父亲在安源是吃了苦的。"记得他还是说出了这么一句评价他父亲的话。

"要知道我的父亲,你们可以去读读在安源写的日记。你们读过么?他的《药石轩日记》里面写了很多事的。还有,他写的《萍乡煤矿记略》,里也写了很多事。"李为扬话语平静地对我们说。

我知道,《药石轩日记》是李寿铨在安源任职期间写的一本日记,我是读过的,其中有不少当时的真实记录。可在那个时代,人们去读一个"资本家"的日记,无非想从字里行间找出"反动"的材料,以陪衬革命的"真实"。

那时,这样的采访当然难以达到我们的目的。但不虚此行的是,我在扬州见到了一个大名鼎鼎的资本家的亲儿子。虽然,我们从一个满身带着文人气的后代身上,找不出他的父亲——作为资本家的所谓"剥削阶级的本性"和"面目可憎"的容貌。但我们很乐意从那些定了型的、枯燥无味的史料中走出来,去触摸和想象一个历史人物的真实存在。

正是如此,几十年后我开始再次深入历史。我想一层层拂去被历史尘埃蒙盖的真实。还原一个有血和肉的,真实的"资本家"。

三

几十年前的那次采访,让我记住了这座美丽的城市:扬州。

这是有着两千五百年文明历史的扬州;这是曾几度繁华,"雄富冠天下"的扬州;这是诗仙李白曾写下了"故人西辞黄鹤楼,烟花三月下扬州"著名诗句的扬州。中国最古老的运河在此悠悠流淌,唐宋古城遗址还在此散发着诱人的光。这里有山水相映、清丽娇媚的明清私家园林,这是一座被诗"泡"着的城市。

李寿铨就在这座美丽的城市,做着书院的教授。瘦西湖,作为扬州的美景,是李寿铨常来的地方。

在"L"形狭长河道的顶点上,是眺景最佳处。由历代挖湖后的泥堆积成岭,登高极目,全湖景色尽收眼底。文人雅士看中此地,构堂叠石代有增添,至清代成为瘦西湖最引人入胜之处,有"湖上蓬莱"之称。所谓"两堤花柳全依水,一路楼台直到山",其名园胜迹,散布在窈窕曲折的一湖碧水两岸,俨然一幅次第展开的国画长卷。

可瘦西湖的美景,化不开郁结在他心头的浓雾。

这是十九世纪末,这国家内忧外患之时,对于一个有志救国的青年来说,国之不幸,就是自己的不幸。

其实,李寿铨本来就是一个不幸的人。

咸丰年间,太平天国事起,兵荒马乱之时,有一对新婚不久的年轻夫妇,由住家丹徒过江逃到扬州乡下大桥镇避难。不久,李寿铨诞生在扬州大桥镇外祖陈家。时为咸丰九年十一月十七日(1859年12月10日)。母亲李氏原在丹徒,出身书香门第。父亲李慎保也是个文人,写得一手好诗,他在邻县常州结交了一班朋友。自来大桥镇后,安顿了家小,次年(1860)四月,他便由大桥镇前往常州投靠朋友,不料正碰上太平军忠王李秀成攻打常州,一场恶战,父亲便在这次战役中遇难……

还在襁褓中的李寿铨失去了父亲,从此母子两人相依为命。母亲是个贤良正直、知书达礼的女人,在丈夫离去,儿子失去父亲的日子里,母亲决定靠自己的力量哺养和教育儿子。她靠做女工活计和纺织来维持清贫的生活。等孩子开始咿呀学语后,她就教他识字,教他写字,教他做人的道理,在母亲的教养和熏陶下,他发愤读书,儿子也聪明,有过目成诵的天赋,这让母亲感到十分欣慰。

后来,李寿铨有一首诗这样回忆母亲的哺育之恩:

髫龄曾几时,倏忽五十余。念我始束发,吾母授我书。篝灯夜课读,书声机声俱。过目辄成诵,吾母心为愉。鞠我爱我慧,责我怜我孤。读罢谈往事,母子涕涟洳。弱冠驰文坛,神骏飞声誉。纷难出排解,直声动里闾。慈训为加严,勖我砥廉隅。及今数十年,如冰在玉壶。

待李寿铨成人后,也表现出他极高的办事能力,常能为乡亲排难解纷,因为遇事不惊,处事得体而很快受到邑人的称道。

这时,有一个人看中了他,这就是他的五叔祖李承霖。

说起这个李承霖,倒是江苏镇江的一个大名人。道光二十年(1840)庚子科殿试状元,授职翰林院修撰。道光二十三年做了一任广西学政。此人为政纪律严明,事必躬亲,考试时亲临监场,扭转了当地“枪手”入场、公然作弊的风气。据说,洪秀全在他手上应过考。太平军攻江苏时,军中即传出话来:“天王老师在泰州。”故太平军未入泰州,城中生灵未遭涂炭。他虽患目疾还坚持阅卷,晚年几近失明。任满回京后,入直上书房,教皇五子奕譞(光绪生父)读书。一生无意为官,不久即借母丧回籍,隐居泰州达三十余年。一生恬淡俭朴,乐善好施,时来扬州探望族人。正是如此,他发现了勤奋好学、天资聪颖的李寿铨,称他是族中之千里驹。从此用心教诲,少年李寿铨的阅历和修养得以与日俱进。后被聘入教安定书院和梅花两书院。此时李寿铨已是27岁。

李寿铨一边设帐授徒,一边博览群书。所涉及的有天文、格致、舆地、历算等等。此时欧风东渐,引进西方技术兴办实业救国已成为有识之士的追求目标,盛宣怀等一些洋务运动倡导者的赫赫大名,开始如雷贯耳走进他的心里,如同在落后守旧的中国发现了一线曙光。他们大胆引进西方技术,兴办邮电、铁路、银行、矿山的实业救国之举,不时打动李寿铨的心。他很快接受了西方新思潮,投身实业的宏志开始萌生。

“人生只合扬州死,禅智山光好墓田”,这是唐代诗人张祜赞颂扬州的诗。但李寿铨隐隐感到,扬州虽好,终不是他的“用武”之地。要救亡图存,就要学张之洞、学盛宣怀,就要以创办实业为本。若如此,就必须走出扬州。

也许合当李寿铨得志,他的机会不期而至。光绪二十二年(1896)的一天,正在学院教书的李寿铨突然接到有人从常州送来的一封书信。拆开一看,不禁欣喜若狂。

书信的落款人为张赞宸。自称是李寿铨父亲李慎保老友的儿子。信中内容言简意赅,大概意思是欲兴实业救国大业,有心邀能人共图大志,云云。信中最后说,如欲有意,望来上海一晤。

张赞宸这个人的名字,李寿铨曾经从朋友那里听说过,是个能做大事的人。而这时的张赞宸,正接受了盛宣怀的“出山”邀请,着手创办江南第一大矿萍乡煤矿。

张赞宸接下开办萍乡煤矿这副担子后,心里也在打鼓,他深知自己只是长于理财，但天性好动，只喜搞搞外事，办办交涉，做做筹措款项的事情，也就是只宜主外，而办矿事宜，千头万绪，事无巨细，须有一个有智慧，有才华，同时善于调解各类矛盾纠纷、处理好各层关系的“主内”的人。延揽粲粲大才是能否成功创此伟业的关键所在。

他带着这个想法来常州，与朋友见面说起这事，大家就不约而同想到了一个人，这就是老友李慎保的儿子李寿铨。认为李寿铨才思敏捷，擅长书法文字，于守成治理，素具长才。如能彼此合作，正可相得益彰。举凡坐镇、统率、指挥，完全可以胜任。

于是就有了影响李寿铨一生的上海会面。

初次见面，张赞宸先是以一个商人的眼光端详着李寿铨，试图从他的脸上和双目中，揣测出他的才智、意志和机敏。凭他的人生经验，透过眼前这个文雅而又不失之干练的男人的眼神里，他已经看中他了。就座后，张赞宸道出了请他来上海的目的。

“路械机船，无往非铁，铁之兴废，与国家强弱、贫富紧紧相关。今日中国钢铁完全依赖外洋进口，受制于人，国家何能强大？而兴钢铁，则离不开煤，煤，已成中国钢铁业振兴的命根子……”

张赞宸一番话，说得李寿铨内心翻江倒海，激动不已。李寿铨决定辞去扬州书院教授之职，投笔从商，襄助张赞宸，做一番实业救国的大事。就此上海一晤，竟开启了一桩流芳千古的大事业；同时，也给李寿铨留下了一段愁心百结的经历。

光绪二十三年(1897)春，李寿铨打点行装，离开扬州赴萍，亲友得知后特在大桥镇茶亭处设宴饯行。这日天朗气清，惠风和畅，他即兴赋《茶亭远眺》一首，抒发了他胸中的抱负：

极目平原望，青青一色齐。

几人蓑笠小，四合水云低。

树远风难动，松高雾不迷。

我今临此地，阡陌畅东西。

前四句写当时的心情，五、六句表明此去上任，将不为一切困难所动摇，不为一切尘垢所污染，坚持廉洁的操守，这是表明个人的气节。七、八句则展现此去马到成功，一创大业的必胜信心。

光绪二十三年(1897)夏，张赞宸带着德国矿师赖伦、马克，与李寿铨在汉口会齐，便间道赶赴江西西部的萍乡。

四

要在荒山野岭之中开辟出一座用机械开采的大矿，其难可想而知。从这以后的很长一段日子，他紧随主办张赞宸披荆斩棘，栉风沐雨，跑遍了方圆几十里的深山密林，尽访遍布于各处的小窿区。历时数月，逐井考核，惨淡经营，艰苦备尝，总算对萍乡产煤地区有了一个深入的了解。李寿铨一介文人，过去也就是教教书，写写文章，从没吃过这番大苦，可他心甘情愿，他做好了吃大苦的准备。

第一份关于萍乡煤炭状态详细的考察报告，完全出自李寿铨的手笔，并迅速交到盛宣怀手上。这支曾经只是写诗词歌赋的笔，如今在勾画着一个江南大煤矿的宏伟蓝图。考察报告很快得到了盛宣怀的认可，他当即会同湖广总督张之洞奏明清廷，并奉准开办萍乡煤矿。

光绪二十四年戊戌三月初一日(1898 年 3 月 22 日)萍乡煤矿正式开办，由铁路总公司督办大臣盛宣怀颁发关防印信，以昭信守。张赞宸任总办，李寿铨任机矿处长。张赞宸经常奔走沪汉一带，处理筹款、交涉等大政；李寿铨作为机矿处长，偌大的建矿工程一切施工，全由李寿铨常年坐镇安源，一肩承担。

李寿铨为了全身心地工作，来安源后不久后就将全家由大桥迁到安源。

光绪二十四年夏五月，李寿铨先后在安源地方购买宋家山、桐梓坡、大冲尾、蟹形嘴、罗家坡、栎树下等处1700余亩地段，择期兴工，开始建矿。

在安源这人地方，土法采煤历史悠久，足有两百来年。一眼望去，私井遍地，废窿新窿触目皆是。而要运用机器开采，必须买尽各山商井。

而收并商井可是一项前所未有的工作，难度很大。在安源开煤窑的私井主人，三教九流，各色人等都有，要把他们手里的私井收归煤局，谈何容易！如同割他们身上的肉。例如有一个叫和茂福商号的，就是一个“钉子户”。这个商号原在紫家冲开了一个钰盛井，在小坑开了一个玉和井，已有几十年的历史。并在长沙、湘潭、醴陵等地开设字号售煤，实际资本是湘潭天主教堂的。和茂福看到境内商井纷纷在归并，又知钰盛、玉和两处正当机矿冲要之地，认为奇货可居，竟扬言洋人愿出高价购买产权，自行开采，以相威胁。正因为如此，由光绪二十四年(1898)至光绪三十三年(1907)建矿完成，此项工作，竟然持续达十年之久。

光绪三十三年(1907)春，建矿大功终于告成。事成之后，李寿铨也难以抑制住喜悦之情，由他亲撰的《萍矿说略》20章，就详描述了建矿的全过程。他在《序言》中这样写道：“萍乡煤矿肇于南皮相国张文襄公，而成于毗陵宫保盛侍郎之手。溯自光绪廿四年，盛宫保会同张文襄，奏准仿用西法，购机大举开采萍煤。仅历十稔，而荒僻无人之境，一变为通衢繁富之场。矿以外天梯石栈，厂房云连；矿以内毂击肩摩，煤巷如市。萃西欧各名厂之新机，开东亚数千年之宿蕴，煌煌乎一巨观也……萍煤产富，甲于全球诸大名矿。脉绵层厚，得未曾有……”

李寿铨经历了从选址奠基到建成开工的全过程，可谓筚路蓝缕、栉风沐雨，备尝艰苦。事过之后，李寿铨回想当时所经历的艰难，还感慨万端。

在《萍矿说略》中就曾写到这段经历：“创办之初，内地风气未开，百计阻挠，事多棘手。基础甫立，旋值庚辛之岁，风鹤频惊，地方不靖，工程因之窒滞。嗣后又遭匪乱，工程未辍，屡濒于危，此皆开矿以来叠经之磨折也。而卒以当事者坚忍镇定，上下一心，历尽艰难，得有此成功之一日。”这“叠经之磨折”，只有李寿铨自己心里最明白。

李寿铨作为安源煤矿开创者之一，盛宣怀曾这样评价：“李寿铨为萍乡煤矿创始之人，熟悉地方情形……”应该说是客观、公允的。

1908年，亚洲最大的钢铁联合企业——汉冶萍煤铁厂矿有限公司在上海成立。萍乡煤矿是它旗下的重要企业。李寿铨任煤矿会办。1911年，武昌起义之后，时局动荡，江西都督李烈钧以借口插手萍乡煤矿，并以武力相威胁，企图接管煤矿。李寿铨凭着胆识与之周旋，一面通电湘督谭延闿派兵前来护矿，终使赣督企图落空。由于他处变不惊、保矿有功，被全矿员工大会推举为临时矿长，两天后又被上海总公司委任为矿长。

五

历经了百余年风风雨雨，走过了无数的政治狂涛。穿越历史的云雾，剥开曾经多少次人们给他们穿上的犹如铠甲般的外衣，我试图深入一个资本家的内心。

在翻看有关安源的历史资料的时候，我读到了李寿铨所作《药石轩知行录》，这是他在安源任职期间的反思平日行为内心之作，有经验的总结，更有立身处世的思考。这些称为警句的箴言，曾为友人或同事传诵，成为人们的座右铭，说是脍炙人口，一点也不过分。这里不妨摘抄几段如下：

> 事事见得人之不是处，何如事事见得人之是处火为博大。事事见得人之是处，又何如事事见得已之不是处之谦虚。

> 古今来英雄豪杰，未有不立志者，未有不多情者，未有不耐劳苦者，未有不爱才者，未有不惜阴者，未有不虚心者，未有不好学者，未有不勇于改过者。

惟下乃大，惟勤乃精，惟质乃实，惟诚乃神。

行矿窿中，遇积水深处约尺许，着乌皮油靴，初行十数武，固无恙也。后水一浸入，灌靴内，两足全湿。因思小人之进谗，亦犹是也。无隙可乘，则技无所施。一经浸入，未有不灌满靴内，两足全湿者。然必须靴之皮质坚，缝工细，而又不时加油，方可免于水之浸也。可不慎哉？

由此可以看出，李寿铨在安源工作期间，可谓谨言慎行，唯恐做不好。作为一个遵循儒家之道的文人，他酷爱读书，虚心好学，为人谦逊，宽以待人。他时时注重修心养性，力求做一个纯粹、高尚的人。

可谁也不曾想到，这位传统儒者却埋藏着一颗“叛逆”的心。从一些历史资料可以证实，李寿铨这个清王朝所倚重的官办矿山“掌门人”，所思所想，所作所为竟与以慈禧为首的晚清王朝背道而驰。

让我们随着时光进入到光绪二十九年(1903)的冬天。

这天，一场大雪漫天飞扬，飘飘洒洒，将遍地乌黑的安源染上了一层洁白。天地之间顿然觉得格外清净。正是在这个夜晚，有一位神秘的外地人突然来到安源半山腰桐梓坡，来到李寿铨的私人寓所。此人脸庞方正，身材魁梧，约莫30来岁，长沙口音，自称明德学堂教习，找李寿铨有要事相商。

来人是个不同凡响的革命党人，黄兴。

黄兴，字克强，湖南长沙人。1893年入长沙城南书院读书，22岁考中秀才，1898年调长沙湘水校经堂，复选调武昌两湖书院深造。光绪二十七年(1901)毕业于武汉两湖书院。次年春被湖广总督张之洞选派去日本留学。光绪二十九年，在长沙邀集陈天华、宋教仁等二十余人集会，成立革命团体华兴会，被公推为会长。光绪三十一年，在日本结识孙中山，并与孙筹组革命组织同盟会，成为会中仅次于孙的领袖。后人一般认为，孙中山是思想家、先行者，而黄兴则是实干家。

黄兴来了，他告诉李寿铨，他刚在长沙组织成立革命团体“华兴会”，致力于推翻清王朝的革命活动。对外称“华兴公司”，以兴办矿业为宗旨。并提出发展工业特别是采煤工业，实现中国现代化的理想。久闻李寿铨锐志振兴实业，救国兴民，这就有了邀请他入会的理由。他还带来了一封邀请信，题名《血泪书》，其中就写道："凡属炎黄子孙，急宜奋起图存，誓驱鞑虏出关，否则瓜分之日立至。血泪陈词，伫望速起……"

完全可以这样想象，这天晚上黄兴与李寿铨的密谈是一番怎样的情形。李寿铨从黄兴的口中听到了许多新名词：关于"革命"，关于"推翻清廷"、关于"誓驱鞑虏"……总之，李寿铨完全接受了这个组织的旗帜。

作为华兴会创始人，黄兴为组织增添了一名得力的成员而高兴。他从衣袋里取出一个布包，打开，原来是一本小册子，他把它递到李寿铨手上："这本册子是清廷禁书，外边暗中秘密传播，弄一本要十两银子……"黄兴说话间透着神秘。小册子黄色的封面上赫然写着三个大字：《革命军》，作者是邹容。

那一夜，李寿铨相邀黄兴留宿家中，两人抵足而眠。

这些年来，李寿铨原本想依托实业，救起一个风雨飘摇的朝廷。可内心深处总是会浮起一个又一个问号：这个被列强蚕食的孱弱的国家，仅凭实业就可救起么？这个丧权辱国，腐败无能的朝廷，还有存在的必要么？……他甚至隐隐感觉到，不要多久，华夏中国就会降临一场石破天惊的暴风骤雨，荡涤这个摇摇欲坠的世界。

在后来的日子里，邹容的这本《革命军》竟成为李寿铨的"至宝"，逐字逐句挑灯夜读也不知多少遍。他或圈点，或批注，均表露出对革命的向往。读到兴奋处，李寿铨还在书末濡笔写道："凡致力于革命者，不可不读《革命军》，凡真诚致力于革命者，不可不天天诵读《革命军》，凡有志推翻清廷、缔造共和者，尤不可不循环仔细诵读《革命军》……"

光绪三十一年(1905)8月，华兴会和兴中会等合并为同盟会，孙中山和黄兴任正副领袖。李寿铨便首先经黄兴介绍参加了同盟会。自此，李寿铨以安源为基地，积极支持和掩护黄兴的革命活动。

关于李寿铨与黄兴的关系，有黄兴亲书给他的“襟怀欲吐天开朗，意气相倾山可移”对联为证。又有书赠横额“博雅”两个大字为证。横额上加盖的一方图章，刻有“铲除世界一切障碍使者”十个字。李寿铨的孙子说，全国著名文史掌故家郑逸梅于1988年著《书林片叶》，特将黄兴书赠李寿铨事记载其书中，可以为凭。

李寿铨自参加同盟会后，又经黄兴介绍参加了“南社”。黄兴入社书为323号，李寿铨入社书为329号。南社是一个革命性的文人社团，以主张资产阶级民主革命为其政治目的，前后共吸收社员1200余人。柳亚子正是南社总干事，李寿铨入社后，时常和他有书信往还，并随时应柳亚子索稿，寄去诗文，分别刊登在《南社丛刻》上。他的诗感时愤世，关心人民疾苦，充满奋斗自强的精神。据统计，南社中的扬州人发表在《南社丛刻》上的诗文最多的是李寿铨。

当然，革命绝非作诗吟咏那样文雅。三年后，一场由同盟会组织的发生在湘赣边界的一次大起义，就让李寿铨亲历了一次血的惨烈。

光绪三十二年(1906)冬，湘赣边界发生水患，饥民载道，饿殍遍地，社会动荡。正是同盟会发动起义的良机。黄兴特派同盟会员刘道一前来负责组织起义并联络会党；萍乡安源义军大多由矿工组成，均由李寿铨负责暗中策动，其首领就是当时安源的帮派头目肖克昌。

这是同盟会成立后的一次重要起义，史称“丙午萍浏醴起义”。起义军高举“驱除鞑虏，恢复中华”的旗帜，各路义军闻风纷纷响应。数天之内，即占领麻石、文家市、上栗诸重镇。队伍迅速发展至3万余人。李寿铨利用矿区的巷道，先将矿工们坐吊车坠入井下，再经由挖煤暗道，输送矿外集结。

萍矿总办张赞宸是个忠于朝廷的“命官”，虽然于李寿铨有知遇之恩，但已投身于革命党的李寿铨已与其分道扬镳。一个为镇压起义军而调兵遣将，一个为起义军“暗度陈仓”。听说，就在张赞宸的眼皮底下，他还救过一个名叫赵声的同盟会会员。

那天赵声从湖南潜来安源，密访李寿铨，磋商矿工和新军配合等事宜。不料被新近调升两江总督的端方察觉，于是迅饬萍乡县知事彭继昆缉拿。正好这个知县与李寿铨交谊较深，就在发布缉拿令前，先暗中告之了李寿铨。李寿铨让赵声化装成矿工，脸上抹了些黑炭灰，搭上一辆煤车逃出了煤矿。赵声化险为夷……

按照起义布置，安源煤矿为起义军根据地。但他万万没有想到，义旗始举就受到重创。清廷迅饬湖南、湖北、江西三省调军队围剿。起义军连连受挫，血流成河，连近在眼前的安源首领肖克昌也被诱杀。李寿铨作为安源义军的暗中策动者，如同天塌地陷一般。他撕心裂肺，悲痛不已，躲在书斋，一任泪水洗面。

起义尽管没有成功，其浩大的声势却足以震慑清廷。五年后的1911年，辛亥革命爆发，清王朝覆灭，中华民国成立。革命的成功让李寿铨欣喜若狂。他作为同盟会会员担任了安源党部的负责人。

民国元年冬，黄兴返湘省亲，来到安源看望李寿铨。不久后又率随员70余人来安源参观，李寿铨都是鞍前马后。为了表示对黄兴这位革命引路人的敬重，李寿铨还从矿上拿出钱来，修造了一座“黄兴桥”。他还放大了一张黄兴巨幅半身像，精心装裱后悬挂在弹子房（矿局办公大楼）的大厅墙上。（这张照片的小样，至今还保存在其后人的家中。2011年，正逢辛亥革命100周年，江苏省文史研究馆馆员、清华大学扬州校友会名誉会长、已经96岁的李为扬老人难抑激动之情，将珍藏多年的他父亲留下的这张黄兴赠送给他的照片拿出来给笔者看。随着岁月的流逝，照片虽有些发黄，但仍然保存完好，照片右上角黄兴亲书“镜澄先生惠存”字样，左下角书“黄兴谨赠”字样。照片上，黄兴身着西装，打着领带，外面穿着一件风衣。）

五年后，黄兴在沪滨逝世，终年42岁。李寿铨闻耗伤感不已，写下《悼黄克强》诗二首以示悼念：

一别三年久，音书迄未通。

襟怀包宇宙,踪迹渺西东。
几中魔王毒,行嗟大道穷。
苦心天不负,一将竟成功!

还我共和国,全凭笃实人。
伤时频呕血,忧国倍怆神。
白昼昏无色,长江惨不春。
英雄今已矣!何以慰斯民?

至今读来,依然可感觉到李寿铨对黄兴的由衷赞许和发自内心的悲怆,悠悠深情,溢于言表,由此可见他与这位革命领袖的情谊。

六

当历史行进到1922年,想不到作为矿长的李寿铨经历了他人生中一段既艰难又特殊的时期。在那些日子里,他简直如履薄冰。李寿铨作为资产阶级利益的代言人,开始受到共产党领导下的无产阶级的挑战。

也许,那时的李寿铨并不清楚,当还在一心一意经营煤矿的时候,1921年的一个初夏,在上海悄然诞生了一个新的政党,正是这个开始并不引人注目的党派,一年后竟会在安源弄出大动静。(李寿铨当然不知道,发生在这里的这场震惊南北的工潮,竟是由这个新党的精英们在幕后指挥和掌控。)

他当然也不会知道,这时有一位名叫毛润之的书生,以矿上某职员亲戚的名义,来到安源参观,还进入到了总平巷。说是参观,实际是来考察,于是埋下了工人"闹事"的"种子"。接着发生的一切才进入到他的视野,从湖南来了一个名叫李隆郅(李立三)的书生,是通过醴陵一位名叫陈盛芳的著名绅士介绍来的,口口声声说想办一所平民学校,他没有设防。为工人办校,本也是矿局要做的事,有人帮着做,那还不是好事?

这个陈盛芳是醴陵当地有名的大善士,捐赠钱物,修桥修路,做了很多好事,与李寿铨有很深的交情。陈盛芳精通土木工程,李寿铨将他聘来安源做事。据说,安源的洗煤台等工程,就是陈盛芳修建的。(庚子之役时,李寿铨为了保护在矿的30多个德国员工,正是通过陈盛芳将他们秘密送往醴陵,分别隐匿于各地方绅士家中。)李隆郅正是通过这层关系,加上他用一纸用“四六体”古文写成的呈文,巧言打动了县公署的范知事,平民学校就在安源办了起来。

但令李寿铨想不到的是,平民学校表面以提高工人知识和涵养工人德性为宗旨,却用通俗易懂的大白话觉悟了一批工人,这些工人后来都成了共产党领导工运的骨干。后来成立的路矿工人俱乐部,更是让觉醒的工人结成一个团体。不久后爆发的安源路矿工人大罢工,就是这个团体在起作用。

对于李寿铨来说,这个大罢工来得猝不及防。

这时的安源煤矿再加上株萍铁路的工人,已拥有约两万人,工人数量之多,在全国的工矿中也屈指可数。这样如此大规模的罢工,犹如汹涌的波涛,铺天盖地而来。李寿铨作为一矿之长,如何平息这场来势猛烈的工潮,妥善处理好劳资间的矛盾冲突,正是考验他在危难面前应变能力的“试金石”。

当时正属北洋军阀时代,所谓“武夫当国”的时期,各地罢工一般是采取武力镇压的办法。当时,汉冶萍公司就有人就提出要动用军队,甚至已经将军队开到了矿山。

而此时此刻的李寿铨,心情是十分复杂的。

从他的立场出发,他既要细心维护这个他借以强国的资产阶级的实业“基地”,保护自身的利益,但作为一个孙中山三民主义的信奉者,又从骨子里同情劳工大众。这种心情,你从他在安源写下的一首名叫《听雨》的诗中就可以体会得到:“深山寂处避嚣争,夜雨潇潇梦不成。窗外芭蕉墙外竹,听来都是不平声。”诗曾经发表在《南社》的刊物上,诗中所形容的不平之声,正是劳苦大众发出的、对社会贫富不公的控诉之声。这哪里像是一个穷工人的对立面资本家表达出来的情感。

一位有思想、有正义感的儒商，在国家危难、人民受苦之时，无疑承载了多重的责任。正与反之间的选择，时常决定于一念之差。倏忽之间，很难在二者间寻得平衡。正因为如此，他的心灵一定会受到多方的煎熬。

而真正流传多年，并与李寿铨相关的，是决定罢工胜利的一次谈判。这个成为“红色经典”的历史故事，让他永远被划到了安源工人运动的对立面。

这是因为，在矿局办公大楼的谈判桌上，作为安源路矿工人代表与资方谈判的，就是后来成为新中国国家主席的刘少奇；而李寿铨则作为资方谈判代表之一，则无疑是工人领袖的对立面。后来，一篇描写这次谈判的名叫《少奇同志一身是胆》的回忆录传遍中国，一度还进入了中学语文教科书。传播越广，李寿铨成为“反角”，当然也就更加深入人心。

但几十年后，历史的真相终究水落石出，将最真实的一面展现给人们。

安源路矿工人大罢工最后采取和解办法，通过双方谈判，协商条件，签订协议得以解决，这是党的初期运用统战政策取胜的成功范例。而统战的对象是谁呢，正是以矿长李寿铨为代表的资方。

在《汉冶萍公司志》中有一篇《李寿铨传》，传中这样写道：“罢工期间，李寿铨主张实行调和，磋商条件，反对用武力解决。”1923 年刘少奇所著《安源路矿工人俱乐部略史》中，同样也有“于是矿长李镜澄氏乃出而主张实行调和，从事磋商条件”的叙述。完全可以证明，李寿铨对这场罢工，一开始就是希望通过和平的方式解决。（同时，李立三还通过李寿铨的挚友陈盛芳登门拜会，和他促膝交谈，解开了他心头的一些疙瘩。）正因为如此，这场声势浩大的罢工，通过一场既有针锋相对，又有适当让步的结局得以消弭。工人一方以签订了“十三条”复工条件而凯旋，而扬眉吐气；资方则以矿产得以保全而松了一口气。从中可看出李寿铨作为一个有良心的“资本家”的良苦用心。

事实上，罢工胜利后，李寿铨和李立三、刘少奇，以及路矿工人俱乐部的骨干们交往甚密。在李寿铨的《药石轩日记》中我们也发现，从1922年9月至1923年11月的14个月期间，关于李立三、刘少奇和他接触的记载就达77处。在他的日记中，还称李、刘“其言甚恳切”，“意殷而心虚，可佩！”

说到这里，我想还有必要澄清一点：路矿两局从矿长到会计，皆由总公司委派，路矿两局皆无他们的个人资产，也没有他们的股份。这一点有别于其他的资本家。连李立三和刘少奇当时也认为不能将他当资本家对待，李寿铨只是一个煤矿的管理者。

七

大罢工浪潮一过，李寿铨深感心力交瘁，开始有了急流勇退的念头。“工潮”结束后刚刚两天，他就向汉冶萍公司上海总部提出了辞呈。

此时，李寿铨已经63岁了。在安源奔波劳碌30年，他实在太累了。这种累不仅是身累，更多的是心累。苦心经营的矿山，他感觉已经到了山穷水尽、困难重重的境地。财金入不敷出，捉襟见肘，可谓日薄西山。何况，在列强虎视眈眈的中国，要真正经营好一个自己的民族工业，实在太难太难。

对于他的辞呈，公司再三挽留。一拖又是一年多这才卸去重任。（尽管如此，上海汉冶萍公司仍聘他为顾问。）

据说，李寿铨离开萍乡时，各界人士、全矿员工以及家属居民来到他住了近30年的寓所，为他送别。人们甚至从山上摘来鲜花，扎成了花轿。全矿员工和各界人士都聚集到火车站送行，爆竹不停燃放，红了一地。燃放的鞭炮甚至一直随火车的轰鸣延续到了长沙，欢送的盛况和场面实属空前。

李寿铨在离开安源的那一瞬间，从火车窗口回望安源，突然百感交集，两行热泪奔涌而出。

他的生命中最宝贵的年华，就是在这座充满着黑色灰尘的地方度过。起伏如牛背的牛形山，高耸的盛公祠，还有总平巷、火车房，还有他脚下的这条刻满了故事的株萍铁路，都印在了他的生命中。在安源他写下了不少诗，辑为《药石轩诗稿》。其中就有不少描写安源山水的、意味深长的佳作。这时，就有一首诗《看山》在他的心里吟咏：

日日在山中，看山山不厌。
四时景物殊，瞬息幻千变。
我意忽不平，山亦奇形现。
我心倏怡然，山为开笑面。
我有神交友，乍别恒恋恋。
胸中有丘壑，长此捐俗念。

他爱这里的一草一木，他的梦是从这里开始，也在这里消失。

李寿铨回到扬州后，租赁了彩衣街下总门一号江姓三进房屋作为寓所。他的一生不营私产，也无房地田宅股票，一生靠工资维持全家生活，提倡后人自食其力。甚至在1923年年底，他就上书汉冶萍总公司，自请停支顾问薪金。民国十七年(1928)，谭延闿任南京国民政府主席，闻李寿铨已告老还乡，特致电敦请出山。李寿铨感其盛情，专程前往南京，当面以年老力衰婉辞。他说："业经息影山林，无意重作冯妇。"

他的儿孙们回忆说，李寿铨从不迷信鬼神，反对赌博，所以家中从不敬神拜佛，也从不打麻将牌。他平日只是读书、写字、赋诗、和老友茗叙、莳花，藉娱晚景；与他接近的人都知道，他生平最爱的是兰花。

李寿铨回到扬州寓所后，将家中客堂稍作简单布置，当然没有忘记放几盆兰花。同时在西边墙上挂上黄兴书赠的横额"博雅"两个大字。在正中墙上，悬挂在中堂画轴两侧是黄兴亲笔写给他的那副对联：

襟怀欲吐天开朗，意气相倾山可移。

民国十七年农历四月二十八日(1928年6月15日)，李寿铨在扬州寓所因病逝世，终年69岁，距他离开安源还不到6年。

撞那自由之钟

一

1921年南方那个有些寒冷的初冬，李立三也许永远难以忘怀。

一列从株洲开来的火车缓缓驶进了江南这座最大的煤矿——安源煤矿。他在一股股带着热气的浓浓蒸气翻滚中，在车头巨大的铁轮下发出的喘息声走了出来。他的全身已经没有了寒意，他走进了一个似乎熟悉而又陌生的世界。

他穿着长衫，也就是19世纪20年代中国文人们常穿的那种衣服，长衫的下摆的一角，被寒风轻轻地掀起，让姿态在白色的雾幔中更有了动感。这时的他还只是个20岁的青年，一米七几的个子，穿着这种衣衫，显得很合身。当然，在这样一个煤矿，在这四处灰蒙蒙的地方，这种装扮的人却很是醒目。因为在这里，随处可见的只有乌头黑脸的矿工，还有穿着长袍马褂的工头和煤矿职员。

他的眼睛里是充盈着自信的，这是一种类似于挑战者的自信。他环顾了一下四周，有运煤的火车缓缓走过，驶向他们刚刚来过的地方。他知道，这些煤是矿工们从深深的地底下一揪一揪挖出来的。那里,永远也看不到阳光,只有深深的巷道,只有危险、黑暗和痛苦。于是,在那些乌黑发亮的煤块上,他仿佛看见了工人的汗水和泪水。

他正是为这些工人们而来。

那年李立三才20岁。这是个最易点燃激情的年龄,也是个最易点燃激情的岁月。面对千疮百孔、积贫积弱的近代中国,不少热血青年都渴望能够成为拯救世界的人。他们走西洋、闯东瀛,一个个雄心勃勃、慷慨激昂、疾恶如仇,迸发出“灭此朝食”的火焰。在他们的心里,有一幅未来世界的画图,那是一幅美丽得让人羡慕的画图。

初到法国勤工俭学时,李立三就满怀激情写了一首自由体的新诗,以抒凌云壮志:

我是一个断梗的浮萍,
随着那风波儿上下飘零。
也到过黄浦江头,
也到过潇湘水滨;
也到过幽燕,
也到过洞庭。
今又吹我到西天来了,
呼吸那自由的空气,
瞻仰那自由的女神。
我还要唱那自由之歌,
撞那自由之钟,
唤醒可怜的同胞,
惊起他们的酣梦。
鼓荡雄风,
振作精神,

造一个光明灿烂的新世界，

作一个幸福无比的新国民。

此时的李立三，虽然还不是一个马克思主义者，但他学习的出发点非常明确，就是为了“撞那自由之钟”、“唤醒可怜的同胞”，最后，“造一个光明灿烂的新世界”。

其实，对于这个离他的家乡仅仅几十公里的煤矿，他过去了解得并不是很多。1921年，李立三从法国归来，在上海去见陈独秀，并受到陈独秀的派遣，来到长沙清水塘22号，向中共湘区委员会报到，时任湘区委书记兼中国劳动组合书记部湖南分部主任的毛泽东才告诉他：离他家乡不远的萍乡县，有一座晚清时开发的煤矿，那里的工人受压迫很深，革命条件很好，并建议他到那里开展工人运动。

李立三听后欣然答应，爽快地接受了任务。

他跟毛泽东的最早结识，是因为一个“二十八画生”的招友启事。

1915年9月，22岁的毛泽东正在湖南第一师范学校读书，他化名“二十八画生”（毛泽东名字的繁体字是二十八画），向长沙各校发出征友启事。启事写道：“愿嘤鸣以求友，敢步将伯之呼。”1936年毛泽东在延安与斯诺谈话时也曾说到此事，他说：“我感到自己心胸开阔，需要结交几个亲密朋友，于是有一天我就在长沙一家报纸上登了一个广告，邀请有志于爱国工作的青年同我联系。我指明要结交坚强刚毅、随时准备为国捐躯的青年。我从这个广告得到三个半人响应。一个是罗章龙，他后来参加了共产党，但是以后转向了。另外两个青年后来变成极端反动的分子。那‘半个’响应来自一个没有明确表态的青年，名叫李立三。李听了我要说的一切之后，没有提出任何明确建议就走了……”

李立三就是这样成了毛泽东认定的“半个”朋友。

李立三急切地想投入到工作中去，甚至“过家门而不入”。他的老家就在醴陵城区东南2公里的渌江乡脚盆塘，从长沙去萍乡，必经过他的家乡。

这时他已是远渡重洋离家去国两年多,可他路过家乡却没有停留。

他肩负着一种使命而来,他觉得有什么在呼唤着他。

那时他的名字并不叫李立三,而叫李隆郅。他和毛泽东一道去安源时,在路上,毛泽东对李立三说"隆郅"这两个字太难叫,工人们也难认,建议改个名。李立三想了想,就按谐音改成"能至"。那天,毛泽东、李立三,还有青年团员、湖南一师附小的教员宋友生和劳工会的评议员张理生,一行四人来到了安源,就住在安源老后街一个叫作刘和盛饭店的简陋小店里。

毛泽东离开安源时,决定由李立三常任安源指导工作。从那时起,李立三就与这座煤矿有了不解之缘,同时也留下一段令人纠结的历史。

二

一天黄昏,我独自走近了安源老后街五福斋巷内一座极普通的小楼。

这是一座二层四栋三间砖木结构的楼房,楼房上下对称,还有一条宽一米多的走廊。灰瓦,斑驳的白墙,发旧的褐红色的木柱,栏杆和门窗。一座不到两米高的白色院墙,让这座小楼有了一个小小天地。这里原是乡绅王守愚闲置的楼房,1922 年 1 月,刚来安源不久的李立三把这座小楼租下,接下来创办了安源第一所路矿工人补习学校。

眼前这座红色旧址,院墙陈旧的大门紧锁着,就像封存着一段历史。我希望能够走进这个院中,用我的嗅觉去感知 90 多年前这座屋子里上课的工人们带着汗臭的体味,用我的耳朵去倾听从工人们嘴里发出的参差不齐的念书声。同时用我的手去细心触摸这里的墙、门窗、每一张静静排列着的早已破旧的桌椅。我想,这里的一切其实都在等待着人们去领悟,它已经沉默了太久,太久。

我请管理人员打开了这座夜校小院的院门,接着又打开了一楼的大门,二楼的大门……随着一声声有些沉重,又有些辽远的"吱呀"声,一段历史就在我的眼前打开。狭窄的、带着扶栏的楼梯通向二楼，我一步一步踏着木阶走上去，尽量把脚步放得很轻，很轻，生怕惊动了一个人的梦。其实原楼早在几十年前就倒塌了，直到1968年才在原址按原貌修复。现在走在这里，我总感觉这里一定还附着他的魂。

创办夜校的过程其实也是充满智慧的。为了使办校能够合法，他必须得到萍乡县知事的认可。当时，萍乡县的知事名叫范子宣，曾是个举人，他只喜欢古文，对白话文则不屑一顾。李立三知道后也就投其所好，用“四六体”写了一份备案的“禀帖”，并请安源商会一位姓贾的开明绅士引见，呈到萍乡县公署。

其实这位县太爷也清楚，当时工人的业余生活是极其单调的，平民教育确是当务之急。我看过发表在1922年4月22日长沙《大公报》上一篇《安源矿市调查记》，文中如实写道：“警局对于工人，除不发生乱子外，一概不管，工人既没有正当游戏，又未受相当教育，相逢只有一味痛赌，相此相习成风。……工人除赌之外，又多好嫖，每月初一、十六两日，为工人休假之日，便是大赌大嫖之日……”

这是生存的无奈，也是找不到希望的工人对生命价值的自我作践。

县知事看过禀帖，得知办平民学校意在“帮助工人增加知识，发扬德性”，又得知这位叫李隆郅的青年刚从法国留洋回来，也就一口应允。李立三很快在几位进步工人的帮助下，把这座平民学校办了起来，不但挂上了学校的牌子，还贴上县府的布告……

如果说，安源是李立三第一块从事职业革命的处女地，那么，这座二层楼的夜校，就是他对工人进行革命启蒙的第一练兵场。李立三用筹集来的经费购置了桌椅板凳和简单的教具。接着开始走街串巷，动员工人子女入学。最初入学的三四十个工人子女，完全免费，由李立三直接任教。由于房舍狭窄，李立三便采用复式教学的方法。在这个基础上，1922年李立三又创办了第一所路矿工人补习学校。白天小学生上课，晚上工人上课，所以补习学校也被称为夜校。

有一个细节让我印象深刻。李立三走上工人夜校的课台,在黑板上写下了一个“工”字,又写下一个“人”字,他对工人们提问:“大家看看,把两个字上下加在一起,是个啥么字?”还没等工人回答,李立三就告诉说:“是个‘天’字!”“我们工人就是天,是顶天立地的人!”

在夜校的补习学校的课本上,通俗写道:“工人和农人,是最尊贵的;如果没有工人农人,就没有世界。”课本劝导工人:“打牌,赌钱,真是有害无益的事;花了时间,输了血汗换来的工钱,又伤了身体。”“拜菩萨,敬老爷,是一种迷信。木头,泥土做成的东西,那是什么神呢?……命运,是压迫阶级的迷药。一班流氓,也用他来骗饭吃。我们不要听天由命,我们要打倒压迫阶级,救我们自己……”

工人们突然发现自己的形象高大了起来,一些从未听说过的道理开始走进他们的内心,因此感受到了自己的力量和价值。于是,才有了不久后的安源路矿工人大罢工,才有了罢工中打出的“劳工神圣”的旗子。

我知道一组数字:1924 年下半年,中共只有党员 994 人,而安源路矿党员就达 200 人。我还知道一个史实:京汉铁路罢工失败后,各地工会组织全遭封闭,被迫转入地下,惟有组织严密的安源路矿工人俱乐部工人阶级势力强大,反动当局不敢贸然镇压。邓中夏在后来所写的《中国职工运动简史》中也说:“安源路矿是硕果仅存的‘世外桃源’。”

连国民党人也发现了共产党人在安源的“成功秘籍”。

一篇原载于 1928 年的 9 月国民党政府所办的《湖南清乡公报》的文章就在我的案前,题目叫《共党在安之教育概况》。文中说:“安源共党之所以有根深蒂固的基础,确实是过去共党在安源有充分的‘赤色教育’。过去六七年前的安源工人,都是土头土脑,不知道怎样叫做开会,也无人能在开会的场中说一篇话,演一篇讲,更无人知道什么叫团体的组织。迄自共魁李隆郅等,前往安源组织工人俱乐部后,把那些组织团体的常识都输入了。从前不会说话的人,公然能在大会场中说起话,演起讲来!并且这些人都无形受李隆郅的指挥,做了工人的领袖,能领导工人一致行动,这是共产党在安源的教育宣传工作的第一步的成功。"

文中还写道:"人们并非很机械地宣传共党主义……他们在安源教育的形式,完全是启发式的,是用灿烂奇离的魔术手段,去教育一班工人,所以能使一班工人均入其中,受其麻醉而不自觉。"

连中共的敌人也在感叹:"安源的共产党既能以巧妙的手段感召一般工人,所以安源能够成为中国的'小莫斯科'。湖南全省各县农协的重要分子,几无处不是安源工人,发生在1927的秋收暴动和1928年的醴陵大暴动,都有安源工人从中指挥……"

这无疑是对"共魁"李立三功绩的佐证。

三

我最早对李立三这个人物产生兴趣,是缘于流传在安源的一个故事。很多史料都记载了发生在1922年夏季的这个真实故事,极富传奇色彩。

故事叫"立三拜把"。所谓"拜把",就是我们民间说的"拜把子",也就是没有血缘关系的同辈人结为兄弟,就像"三国"里的桃园三结义,李立三"拜把",是在安源与洪帮的帮主拜,一个年轻的职业革命者,与一个封建宗教式的民间组织头目结拜为兄弟,这件事一点也没有虚构,连李立三本人也认可,在他的回忆中也曾经说及此事,这个真实的往事在安源地区传为佳话。

1922年9月,一场酝酿已久的风潮开始涌动起来。这是李立三精心组织的安源工人大罢工的前夕,作为工人俱乐部主任、罢工总指挥的李立三,在讨论罢工策略的时候有人说,罢工要成功,不能不依靠一个人。

何人?这就是当地的"洪帮"帮主刘洪大。

李立三知道，洪门会党曾经为推翻清王朝的革命作出过巨大牺牲。作为辛亥革命的前声的萍浏醴起义，其主要力量就是洪门会党的人。但民国建立之后，洪门会失去了政治目标，逐渐沦落到流氓帮会的地步。会众之间讲究江湖义气，对外则是“顺我者昌，逆我者亡”，其行径与流氓团伙没什么区别。

当时，安源帮会林立，尤其是洪帮的势力最大，有弟兄千余人，是最能“喝”得动风雨的一个帮会组织，工人不加入洪帮就难以找到工作，所以“加入洪帮者众”。洪帮“大龙头”刘洪大，据说生得五大三粗，颇有些武艺。他是矿上的顾问，包工头们大多数是他的徒弟。矿局则正好利用他们控制工人，包工头则又以“义气”、“保护穷人”为名笼络工人，成为旧中国一种特有的社会现象。据说，刘洪大身边有四个武艺高强的打手，号称“四大金刚”，连矿上平时仗势欺人的总监工王三胡子也让他们几分。

李立三说：“我要去拜访这位刘帮主！”

这话一脱口，却惊了罢工指挥部的所有人。因为他们知道，李立三已被通缉，已经有人放出狠话，要用600块大洋取李立三的人头。这时的李立三已经不宜抛头露面了。

而李立三决意要去，所有的人想拦都拦不住。

李立三本是个性格刚烈的人，他的身上总像是怀抱着一团烈火，在斗争中一向情绪极为激昂。在法国勤工俭学的时候，每当同学们一提到反动军阀，他就会挥动拳头：“推翻！”谁一谈起无耻政客，他就会摆动胳膊：“打倒！”谁一讲到卖国贼和反动派，他会高声喊道：“杀掉！”留学生们送他个绰号：“坦克”。李立三很快就成了在法中国勤工俭学生和华工中有声望的领袖人物。

他脾气急躁，甚至有些粗暴。连个性刚强的陈毅也见识过一次他的“坏”脾气：那是1921年10月，104名留法学生因闹学潮被当局遣送回国，李立三、蔡和森和陈毅等人不得不中断留学生涯。从法国回上海的船上，为解闷，李立三和陈毅下起了棋，可下着下着，两人不知那句话不合，李立三火气一来，突然抓起棋盘和棋子，“哗”的一声全都给扔到大海里……

这种性格，李立三的女儿李英男更有同感。她说：“我身为李立三的女儿愿意向大家作证：李立三的的确确是个活生生的人，他有七情六欲，有喜怒和悲哀，有过错和失误。他个性突出，锋芒毕露，但又直率坦诚，从无害人之心。凡是在他身边工作过的人都是这样回忆他的……”(《李立三之谜》李英男序)

也许正是他具有这“侠士”风骨，才演绎了这场“拜把”的传奇。

据说，洪帮帮主的所居的地方是在安源张家湾，那里有一座祠堂。李立三去了，他身边跟着两个汉子，一个是已经加入工人俱乐部的洪帮码头官周长子；另一位就是武艺高强的工人俱乐部部员“袁大头”。李立三要人备了两样东西：一只雄鸡、两瓶“烧酒”。

我不想用小说笔法描述“拜把”过程中的惊心动魄，也不想去写李立三如何以情动人，博得帮主欢心的过程。总之，最后的结局是：他和帮主一昂头各自喝下了端在手上的那碗鲜红的雄鸡血酒，然后开始扶肩搭背，称兄道弟，视为“知己”。既然成了兄弟，也就无话不说，李立三顺势请这位“大哥”在罢工期间帮他三件事：第一，鸦片馆关门；第二，收掉街上所有的赌摊；第三，不发生抢劫案。刘帮主一口答应，连拍三下胸脯说：“第一条我包了，第二条我包了，第三条我也包了！”

在很多年后，李立三在回忆这段历史时也曾这样说：“这三件事情的实现，在社会上发生很大的震动，甚至一些资本家和知识分子也都认为俱乐部了不起(因为这三件事是多年不能解决的，工人罢工后就完全实现了)，表现了工人阶级的力量。”

安源人很是敬佩他的勇气，故事也就传颂了很多年。

随着大罢工的胜利，作为安源路矿工人俱乐部的主任的李立三因此受到工人的拥戴，称他为“能人”。当时有一首叫《劳工记》的叙事歌谣到处流传,词中唱道:“工人受苦难尽表,有个英雄天下少;名号能至李先生……他从长沙到萍乡,要救工人出牢墙……”只是随着上世纪六十年代对个人崇拜的升温,歌词渐渐变为:“直到一九二一年,忽然雾散见青天;有个能人毛润之,打从湖南来安源……”

唱词这样改,当然也无可非议。毛泽东多次来安源领导工人运动,但是,安源的工人们只认得每天在他们身边的领袖,对于悄悄而来,悄悄而去的幕后总指挥,当然是不会知道的。

四

追溯李立三的一生,其政治生涯中的荣和辱,几乎都与“工人”有关。

也许是受法国勤工俭学经历的影响,李立三对工人运动一开始就倾注出极大的热情。

法国史乃德机械工厂,战时主要生产军械和战车,战后则生产车辆和农业机械。李立三与一批同学进入这家工厂勤工俭学,他被分配当了一名翻砂工。带他干活的工人师傅正是一名法国共产党员。在往后的革命生涯中,李立三始终没有忘记这位工人师傅对他的教诲。在后来的回忆中他也曾这样说:“我是个翻砂工人,我的法国师傅是共产党员,我受他的影响很大。”李立三早年曾倾向过无政府主义,很快就转到了马克思主义方面来。他坚决相信:照“十月革命”的干法,把军阀政府砸它个稀巴烂,中国革命很快就成功了。

李立三 1923 年 3 月离开安源后,他的革命生涯也都离不开一个“工”字:

上海地区工人运动和 1925 年的上海日本纱厂工人大罢工,有他作为领导者的身影;“五卅惨案”发生后,他被公推为上海市总工会委员长,参与领导了五卅反帝爱国运动;这年的 10 月,他与蔡和森等人赴莫斯科出席了共产国际第六次扩大执行委员会会议和赤色职工国际会议;1926年5月,在第三次全国劳动大会上当选为中华全国总工会执行委员,任总工会组织部长;在中共"五大"上,他当选为中央委员、中央政治局委员,任中央工人部部长;在第四次全国劳动大会上继续当选为全国总工会执行委员……

安源工运的成功显然构建了李立三一生革命的经验模式,其思想意识和工作作风始终保持着与安源工运模式的深刻联系。

新中国成立前夕,中央又让他领导工会。在开国大典的纪录片中,人们可以清楚地看到,他作为全国总工会的代表就站在毛泽东右侧。

然而,不久后他再一次"跌倒",并且再也没有真正站起来。这一次跌倒,也是为了工人。

1952年前,他的实职是主持全国总工会和劳动部的工作。此后,他以满腔热情投身于工会和工业管理。由他起草的《中华全国总工会章程》,确定了保护工人阶级利益的工会宗旨。由他主持起草的《中华人民共和国工会法》,成为我国工会建设的基本法典。他还主持制定了几十项法规和条例,在实践中逐步形成了自己的工运思想理论。正是如此,新中国成立后,南方一些工厂动员组织工会时,老工人听到全国总工会的副主席和中央政府劳动部部长是李立三,马上就说:"原来是李立三那个工会,好,我们参加!"

"李立三那个工会"该是个怎样的工会?工人心里是明白的,他们相信曾经为工人带来实际利益的人。

李立三的确提出了他关于新中国工会的一套主张。他全然不知,这会成为他政治生涯中再次跌倒的绊脚石。他提出"工会代表工人,政府代表国家"。他强调工会要保护工人阶级"私"的利益,认为国营企业内部仍然存在公私矛盾,但这种矛盾的性质属人民内部矛盾,可以而且应当用公私兼顾的方法加以解决。他提出的意思很明显,作为工会,就必须要为工人说话,而不是为政府说话。"工会独立"——这是他的主张的核心,他认为:社会主义公营企业存在的公私矛盾,正是工会存在的客观基础,不然要工会做什么呢？

然而，安源工人运动的经验和他之后所从事的工运经验，能不能套用在新中国？这是一个问题。28 年前的情景已经是物是人非，这一点，李立三似乎没有想到。共产党执政后，工人阶级作为党的先锋队，作为其代表组织，工会既要维护工人权益又要动员工人奉献，这双重使命并不是完全统一的。

他的主张首先遭到了毛泽东的尖锐批评。

1951 年 10 月，毛泽东尖锐地指出全总工作存在严重失误和方向性错误。共产党既然成了执政党，工人阶级的政治地位随之提高，其经济生活水平也高于作为革命主力军的农民。站在党的立场，毛泽东高度警觉“工人至上”，当然不允许工会独立，超脱于党和政府之外。

随后，李立三的职务被解除。1951 年 12 月 13 日到 22 日，中央主持全总党组第一次扩大会议，批判李立三的错误。并从此给李立三扣下“工团主义”、“狭隘经济主义”等“极右”错误的帽子，李立三为此被迫离开总工会；1954 年 9 月第一次人民代表大会又被免去劳动部长职务，让他还乡休假。

当然，被批判的不只是李立三一个人。其中还有中南局副书记邓子恢，还有中央人民政府副主席刘少奇。

在工会的定位上，党内在新中国成立之初便逐渐形成了两种不同的观点。1950 年 7 月 19 日，邓子恢在中南总工会筹备成立扩大会议上的报告中，提出工会与行政在基本立场一致的前提下，“具体立场又有所不同”。之后，刘少奇还对他的报告加了赞同性的“批语”下发。李立三更是要求《工人日报》当天登载，并说：“群众为什么还要工会？工人认为工会能维护他们的利益。”而这些意见却遭到了一个人的反对，他就是东北局书记高岗。他主持写了一篇叫《论国营工厂中行政与工会的一致性》的文章，认为国营企业中公私利益是完全一致的，公私兼顾的政策不适用于国营企业。文章上报中央，在刘少奇这儿拦住了，他不同意高岗的观点，并批示“暂不发表”。

正是这样，在李立三受到批判后，刘少奇也在 1954 年 2 月召开的七届四中全会上作了检讨。

三个曾经在安源共同从事工人运动的战友，建国后却在工会的问题上发生重大分歧。此刻的李立三无疑是极其苦闷的，他实在弄不明白，为什么他为之奋斗了一生的事业，长期以来总结出来的一套关于工会工作的经验以及对工人利益的保护，在建国以后就行不通了。

几十年前，他只是在主持中央工作时犯了3个月的“左倾”错误，却检讨了30多年。如今“牛事未了，马事又来”，他在工会定位上的“右倾”错误，又让他跌入了深渊。李立三从此变得无所适从，他甚至已经没有了自我。随着后来个人迷信、个人崇拜的盛行，李立三更是逐渐消失在“烟云”之中。

五

湖南醴陵，渌江乡脚盆塘村。

这是离醴陵城区东南2公里的一个小山村。村子里有一栋具有湘赣边界特色的民居，寓名“芋园”。平房、白墙灰瓦。大门的正上方，一块祁阳石的匾额上镌刻着“李立三故居”五个金字，乃胡耀邦亲手题写。正堂屋安放着李立三的半身塑像，苍翠环绕之间显露着他的神采。

这里留有李立三少时和年轻时的许多记忆。他早期与父亲的一次简单的对话，仿佛还刻录在房间的墙壁上。

1922年春节，已经在安源忙碌了几个月的李立三，突然想起回国后还没有回家看望父母亲，决定抽空回家一次。于是从安源乘火车到醴陵，然后步行回到家乡。

父母亲见他回来，既惊又喜，还以为他刚从法国回国。晚上，父亲李昌圭（字镜蓉）关切地问：“你留学回来想做点啥子事？”

李立三连想也没想，就回答了五个字：“我要干共产！”

这一回答把个做教书先生的父亲吓了一大跳。

李镜蓉哪里知道，他的儿子早就从法国回到了中国，而且就在离家不远的安源煤矿搞工运。

此前，父亲对眼前的这个儿子是满怀期望的。李立三出生之日，后院一棵百年凤尾蕉突然开出一团白花。百年铁树开花，一定是个好兆头。父亲一高兴，给他起个乳名叫“凤生”，后来又取学名李隆郅。隆，兴隆、高大之意；郅，极和盛大之意，都是想儿子有大出息。

父亲无法接受儿子的志向：“你不要命了！干共产可是要掉脑壳的事！”脸气得涨得通红。儿子当然也无法接受父亲的安排，革命，已经充满了他的脑际。

父子俩无疑谈了个不欢而散。

父亲对儿子是彻底失望了，他知道，儿子自小性格执拗，他想好了的事是九匹马也拉不回来的。

我行我素的李立三不但重回了安源，后来还将他的第一任妻子李一纯也带到了安源，做了工人夜校的教员。

革命成了他终生的职业，革命也造就了他传奇的一生。

在共产党的领袖人物中，李立三的一生完全可用“大起大落”、“跌宕起伏”、“惊心动魄”来形容。他曾两次被捕入狱，人们为他开过三次隆重的追悼会。他结过四次婚，有两个不同种族、不同肤色的妻子。他一生有中国名也有俄国名，有化名、笔名多达30多个……

1928年6月，他出席了在莫斯科召开的中共六大，当选为中央委员；在中共六届一中全会上当选为中央政治局候补委员、候补常委，任中央农委书记。到了这年11月，李立三已经成为中央主要领导人之一，成了毛泽东的上级。1930年6月至9月，李立三到了他政治生涯的最高峰，他担任了中央政治局常委兼秘书长、宣传部长，这时，他刚刚31岁……

这一年，是他政治生涯中登上顶峰的一年，也是他命运急转直下的一年。

1930年出现的“左”倾冒险主义错误，成为他一生中的挥之不去的阴影。从1930年9月1日起，中央采取一系列措施，开始纠正“立三路线”的错误。在9月24日至28日的中共六届三中全会上李立三作了诚恳的自我批评，会后他离开了党中央的领导岗位。这年的12月他被责令去苏联向共产国际汇报交代错误，此一去羁旅莫斯科达15年之久。接着又雪上加霜，受王明的陷害和苏联“肃反”扩大化错误的影响，在苏联坐了一年多牢，甚至被共产国际停止了党籍。他多次申请回国参加抗日战争，也遭到苏联内务部的拒绝……

只是到了1945年的中共七大，他才重新当选为中央委员。

几乎每个人都想把自己美好的一面展示给别人，藏起身上的“伤疤”。但李立三却没有这样做。1946年，他从苏联回来到东北根据地，化名叫李敏然，很多人不知道这个人就是李立三。单位请这个叫李敏然的人讲党史，他每次必讲“立三路线”的错误，而且讲得生动真实，连当事者一些心理活动也能讲出来。大家听后大惑不解，问李立三：“你怎么知道犯错误的人心里想的是什么呢？”

李立三只好笑了笑说：“我就是李立三。”

这是一种坦荡，也是李立三的一生之痛。

但是，他“夹着尾巴做人”并没有换来平静和安宁。“文化大革命”来临时，他担任华北局书记，虽是个“虚职”，是只“死老虎”，但“革命”仍然没有放过他。他的苏联妻子李莎重新被污为“苏修特务”，李本人则被戴上“老牌反革命修正主义分子”、“托洛茨基分子”、“里通外国分子”等帽子。在中央文革小组支持下，一个由各地58个造反派组织参加的“批斗李立三反革命集团联络站”成立了，对李立三几乎用尽了“文化大革命”中所有批斗方法，甚至私设牢房，轮番批斗、审讯……

1967年6月22日，一个酷热难熬的日子，永远成为一段不堪回首的历史：68岁李立三再也忍受不了精神和肉体的残酷折磨，在委屈与困惑中凄然走向生命的末路。

他的“自杀”，至今仍是一个不解之谜……

如今，我独自站在这位革命先驱的故居前，内心久久不能平静。李立三在他的一生中，常会想起安源，思念那里的工人，思念他曾经呕心沥血之所在。他曾说过，这是他“很想念的地方”，他很想去到那里找回一点属于自己的记忆。但他始终没有去。他在谈及安源时这样说：“我去那里会引起人们对我革命历史的称颂，这在政治上是不适宜的。我年轻时在安源搞工运的成功，是客观形势造成的，是毛主席正确领导的结果……”

每次重温这些话，总能令人感到一种莫名的酸楚。

“你的眼睛充满忧虑”

一

在河南省开封市北土街10号的一间屋子里，没有阳光，只有阴湿得让人难受的空气。四周寂静无声，只有窗外监护士兵的脚步声。这里离自由十分遥远，而离死亡很近。

这个古称汴梁的华夏古都，这个北宋画家张择端绘制了巨幅画卷《清明上河图》的曾经的繁华之城，清正廉明的包公，满门忠烈的杨家将，图强变法的王安石……都在这里留下了足迹。可现在何处？

这是四十多年前初冬的一个夜晚，刘少奇躺在病床上，他的生命体征已经越来越微弱。

这时他已经知道，因为林彪、江青一伙编造的假“证据”，在1968年10月召开的中共八届十二中全会上，中央作出了撤销他党内外一切职务的决定，并永远开除出党。1969年10月17日晚上，他被抬上飞机，从北京秘密押解到开封，交给当地驻军监护。此时的他，已经无力再做任何的申诉，残酷的政治已经彻底地消灭了他的一切。他在一天天接近死亡。

此时，也许会有很多如烟的往事会浮上脑际，越久远的越清晰、越诱人。

他的思绪来到那座红色的大楼，这是安源路矿工人俱乐部大楼。他一步步踏上杉木楼梯，任楼板发出有节奏的、动听的声响。他来到二楼的卧室，这里仍然充满着一股子烟味，缭绕的白烟还在简易的书桌旁飘浮。他的一生似乎没有什么特别的嗜好，就是爱抽烟。在思考问题时，他习惯一边踱步，一边抽烟。他总是一根接着一根地抽，经常通宵达旦工作的他，吸烟是借以提神的最好方法。那时，工作人员不论职位月薪都是15元。而他常常等不到发薪，烟盒就空了。后来他就想了个办法：将烟头留下来，合在一起，再用白纸卷着抽……

在烟雾中，他写下了《对俱乐部工作的回顾》《俱乐部组织概况》《“二七”失败后的安源工会》等许多文章，每一篇都是他从事工人运动实践总结，凝结着他的心血。他政治生涯中的许多重大的政治决策，都可以在安源这三年的革命实践中找到思想的源头。

安源是他生命中的一块不可忘却之地，是他心中的圣地。

正因为如此，“文化大革命”初期当夫人王光美陪着他出去看大字报，一旦看到有人竭尽造谣污蔑之能事，完全歪曲、否定20年代他在安源工作，甚至说成是“罪行”的时候，他会格外气愤，心就会颤抖。

可他总是会强忍住内心的愤慨，让自己平静下来。“好在历史是人民写的，客观的事实是否定不了的。”面对人们无端的污辱和诬陷，他会这样劝慰自己，也劝慰为他抱不平的夫人。

他是个极看重人格修养的人，认为谦逊和宽容是一种美德。他崇尚古人“吾日三省吾身”这句箴言，真诚地审视自己的内心世界，把意志品质的锻炼和修养视为完善自我不可或缺的前提。正因为如此，他才能在延安窑洞里写出《论共产党员的修养》一书。这部洋洋数万字的小册子，既是他对党内生活的总结，也是对自己一生的总结。

凡涉及安源工人运动这段历史，他会显得格外慎重。虽然安源的革命实践活动在他生命中占有重要位置,但离开后就再也没有回去过。只是在1960年5月20日,他到杭州参加一个会议,从长沙返回,专车路过萍乡,他要求专车在萍乡站停靠半个小时。

下车后,他伫立站台,情不自禁抬头朝安源方向眺望,良久。他知道从车站到安源也就是十多华里路程,可他没有去。他只是留下片刻的凝视,只是让思绪穿越满天星辰的夜空,然后将思念和祝福深深藏在心底……

二

刘少奇来到安源的时间,应是1922年的9月。他刚刚从苏联回到中国还不到两个月,他完成了在莫斯科东方大学学习。

两年前,他还只不过是一个对民国初年的战乱极端不满的知识分子。五四运动将马克思主义传入中国,这才知道了马克思、列宁,知道了布尔什维克和十月革命,但都是一知半解。不久他参加了社会主义青年团,为学习俄国革命经验,他来到上海法租界霞飞路渔阳里6号,社会主义青年团总部在这里有个留苏预备班,他专门学习了一段时间的俄文,然后和其他7位共青团员一道来到莫斯科东方大学。这是一所专门培养革命者的政治学校,瞿秋白曾被应聘为东方大学中国班的教授,讲授俄文并担任理论课的翻译。当时这个班的学生还有罗亦农、任弼时、萧劲光、柯庆施等40多人。

刚刚来到莫斯科的刘少奇,在东方大学曾写过一首新诗,诗随意地写在寄给一位朋友的照片后面:

你是一个大写的人,
你为什么这般,
苦苦地追求?
你的生命短暂,
你多灾多难,

却为什么空等荣华?
你漂流异乡,
勇敢追求,
为什么不爱恋生命?
无数人奔向西方,
在那遥远的天边,
寻求理想的目标,
实现人生的价值。
你的眼睛充满忧虑,
你的思想单纯而真诚。
面众生的大道上你在彷徨,
你深谋远虑只能传给远方的朋友。

诗中可听到他内心的独白,浪漫而富有激情,当然也有一丝淡淡的忧虑。

那时,共产党人去了一趟莫斯科,就如同唐僧去西天取了一回“经”。作为一个急切想救中国于水火的中国知识分子,刘少奇回国后英气勃发,革命激情如火。

他开始被安排在中国劳动组合书记部,这是中国共产党组建的第一个领导工人运动的组织,中华全国总工会的前身。而这个组织最早的倡导者和领导者,就是萍乡人张国焘。实际上,刘少奇在书记部的时间只有一两个月,就被派往湖南,前往安源煤矿从事工人运动,接受湖南支部的领导,负责湖南支部工作的是毛泽东。

在湖南长沙清水塘毛泽东和杨开慧的家里,他和毛泽东进行一次长时间的谈话。他因此得知了安源煤矿的大概情况:这是清末铁路总公司督办盛宣怀兴办的一个官督商办的企业,是当时中国最大的煤矿之一,此时已有17000多工人。一年前毛泽东已经去过那里考察,并派李立三(当时叫李隆郅)先赴安源进行革命的启蒙教育,其工作已很有成效。多所工人补习学校已经办起，具有合法地位的工人俱乐部已经成立，共产党的组织也得到空前的发展，已有17个党支部在秘密开展活动，而一场更大规模的斗争正在酝酿之中，这就是后来震惊中外的安源路矿工人大罢工。

此时被派往安源，就是要协助李立三，策划和领导这场斗争。

当时的刘少奇只不过是一个刚满24岁的年轻人，高高的，瘦瘦的，很有些书生气。和毛泽东、李立三一样，也是湖南人。出生在宁乡县花明楼镇的一个小村——炭子冲，离毛泽东的家乡韶山冲只有30多公里，离李立三的家乡醴陵阳三石也不远。他降生的是一个富裕农民家庭，是家中最小的一员。父亲开始给他起的名字叫刘少玄。在湖南方言中，“炭子”是指烧炭的人。炭子冲的村名是因为这里的人家原先大都以烧炭为业。也许是命运的安排，他的人生再次与煤炭联系在一起。

这是他革命生涯中的第一块将要精心耕作的“处女”地。两个湖南人在长沙相见，自有一番感慨。面对一座革命的“富矿”，他有种难以抑制的激动。

他身着学生装，先从长沙坐汽车来到株洲，再从株洲乘坐火车来到安源。当时驾驶这辆火车的司机，就是护送刘少奇的安源第一批共产党员朱少连。朱少连曾协助李立三办起了平民夜校，后担任安源工人俱乐部副主任。

这是1922年9月11日。

这时，粤汉铁路武长段的工人的再次罢工正在进行，安源的罢工也如期而至。路矿两局惊恐万状，为了保护矿山，赣西镇守使署已经把军队开到安源，方圆几公里的煤矿已进入戒严状态，封闭俱乐部的恐吓之言也已经传出。

李立三虽担任罢工委员会总指挥之职，但他的身份已经暴露，成为镇守使署通缉的对象。为防止当局对他的迫害，只有让他暂时退到幕后。初来乍到的刘少奇作为工人代表，担负一线指挥之责，常驻俱乐部“应付一切”。

这样一来，李立三等于将一线战场交给了刘少奇。

刚刚踏上安源的刘少奇，对煤矿一点都不熟悉，也从未下过井，有的只是一腔热血和对信仰的追求。回忆那一时期的自己，他有些轻描淡写：“……中央来了紧急信，叫我到安源去。出了六元钱买汽车票才到株洲，爬上株萍铁路的火车，跑到安源。没几天就罢工，一罢工之后，李立三被通缉，工人把他藏起来……罢工中有各种问题发生，我有什么办法呢？还不就是听工人的，他们叫我怎么办就怎么办，是他们在那里领导我，哪里是我领导他们……”1964年8月10日，他在湖南省直及地市委负责干部会议上，说了以上这些话。

其实，历史正好给了刘少奇这么一个崭露头角的机会。因为萍乡商会的调解，劳资双方同意谈判解决争端。刘少奇作为安源路矿工人的全权代表，踏上了戒备森严的矿局大楼。

这是一栋砖木结构轿顶式二层楼房，并不十分显眼。一百多年前，不过是萍乡煤矿职员的办公之处，称作安源公务总汇。红墙，拱形走廊，其外形与不远处的盛公祠相比，无疑要逊色很多。可就是这座不显山不露水的楼，多少年后，路过的人们总禁不住会放慢脚步，注目片刻。因为一个真实的故事，一个赫赫有名的人物，才使这座普通的大楼生出耀眼的光来。这就是后来人们久久传颂的一次决定罢工胜负的谈判。而代表工人谈判的人，后来成了共和国的主席。

当时确定的一个策略，叫作“哀而动人”。草拟的罢工宣言也的确打动人心。他们提出的复工的条件有17条，涉及对俱乐部的保护、工人的待遇等等。按照马克思的学说，资本家已经剥削了工人太多的“剩余价值”，难道不应该让他们拿出一部分来吗？

刘少奇神色严峻地穿过布满荷枪实弹的戒严士兵，走过谈判大楼的走廊。安源罢工后，赣西镇守使署所设戒严司令部亦驻此。他必须去抛弃文弱书生的气质，以“敢上刀山，敢下火海”的胆魄和勇气去对抗路矿当局和戒严军队的傲慢之气。这是他回国参加革命斗争面临的第一次考验，他不能让谈判对手从他脸上看出哪怕一丝的胆怯。他必须背水一战，因为楼下有无数双渴望胜利的眼睛，那是愤怒工人的眼睛，他没有半点退路。

整个谈判过程传奇般地展示了刘少奇的胆略和智慧。盛气凌人、杀气腾腾的警备司令一开始用生命相威胁，但终究没有压倒刘少奇的凛然之气。最终，刘少奇代表工人俱乐部与资方达成协议，签订了符合工人利益的十三条。

这是中国现代革命史上首次成功的罢工斗争。一次最完美的谈判使工人俱乐部从此声威大震，成为安源工人的一面旗帜。谈判的成功，让军队和煤矿矿局知道了那些被称为“炭古佬”的矿工的坚定和力量，同时也让安源工人对这个初来乍到的青年刮目相看，甚至有些神化：“听说你有十三块金牌护身，所以老板和军队不敢动你，是吗？”事后，有一个工人这样问刘少奇。

刘少奇开始受到工人的拥戴，他被誉为“一身是胆的刘代表”，赢得了与24岁年龄不大相称的声誉和威望。

关于这次谈判的细节，后来在很多历史文献中都有十分生动的描述。当年安源工人集体创作的歌谣《劳工记》中有这样几句词：“少奇同志好胆量，我往矿局去一趟。代表全体众工人，见机而作把事行。明知山中出猛虎，岂肯贪生又怕死。偏偏要向虎山行，贪生怕死枉为人。少奇下了坚决心，特到安源办工运。任他把我为甚难，不畏汤火与刀山……”只是在“文化大革命”期间被人有意删除了。

上世纪50年代末，萍乡矿务局编写了一本回忆录《红色安源》，其中有一篇回忆录《少奇同志一身是胆》，就是叙述刘少奇谈判中的勇敢和机智。这篇文章后来被收入中学教材，从此，这个故事广为传播。1962年，上海天马电影制片厂将安源大罢工的故事拍成了电影《燎原》，拍成之后，特意送了一个拷贝给安源。据老人们回忆说，在安源路矿工人俱乐部门前的大操坪上，电影连放了七个晚上，盛况空前，安源就像在过节。因为片中王尚信扮演的雷焕觉形似青年刘少奇，加上历史上出面与路矿当局谈判的又是他，留给人们的印象，影片中的雷焕觉无疑就是现在的刘主席。

几十年过去，影片中的工人代表雷焕觉在谈判大楼、在闪闪发光的枪刺行列中一步一步登上楼去的情景，此刻依然在我的脑海中浮现。

三

本世纪初的一个初秋。阳光从天空中洒落在大地，充足而灿烂。9月的阳光把整个安源晒得发烫。远处的煤矸石山在太阳下透着黝黑色的光。发烫的运煤的铁轨延伸着，如同血脉。太阳，让炙热考验着你的承受力。

阳光下，一座朱红色的、有着西欧风格的大楼静静地矗立着。

大楼坐落于此已经80多个年头，它背靠牛形岭，被青草和绿树环绕。变幻的云在它的头顶飘过，四季强弱不同的风在它的旁边吹过。红色的外墙在阳光下如同一团火，能把瞻仰者的血液点燃。

其实，在安源的日子里，刘少奇心里真正值得留恋、有价值的，不是罢工胜利那一段，而是罢工后的三年。这三年给了他最大的创造空间，最大的成就感，同时也留给了他最大的苦闷。犹如世间万事万物有他的正反两面，这三年是他喜忧参半的三年。

20世纪20年代初，刘少奇曾在此徜徉，踱步，一根接着一根地抽烟，不时发出几声咳嗽，黑暗中，表情显得格外神圣，他在思考一个阶级的命运。他的一呼一吸，一举一动，都在影响着这块黑得发亮的土地。

大楼是当年安源工人运动的产物，是安源工人自己的家，是无产者自己的圣殿。大楼的名称就叫安源路矿工人俱乐部。主持建造大楼的人，就是那个常在此不停踱步、不停抽烟的人。刘少奇时任安源路矿工人俱乐部代理主任，刚刚接替了李立三的工作。他用了将近一年的时间建造了这座大楼。

这可是中国第一座专门为工人阶级建造的大楼，作为一种象征，更像是一座纪念碑。听安源的老工人回忆说，建造这座楼的经费都是由工人们自筹，工人们心甘情愿拿出三个半天做工赚来的银圆，如信士们心甘情愿捐功德钱去建造一座庙宇。刘少奇为这座大楼花费了很大的心血。连大楼的设计、选材他都亲自过问，矗立在演讲大厅的8根粗大的圆木柱，都是他亲赴株洲精心挑选。这是一座红楼，完全仿照莫斯科大剧院的样式设计，足以看出建造者对遥远北方红色莫斯科的景仰。

大楼坐北朝南，总面积1266平方米。分前后两栋，前栋是俱乐部办公室，砖木结构，两层楼房。内设主任团、纠察团、裁判委员会、会计股、庶务股和代表会议室和俱乐部职员卧室。后栋是工人讲演厅，为砖木结构，轿顶式四层楼房。正面筑讲演台，台前为正厅加上台的正面及三层通楼，可容听众2000余人。

其实，那一年国内的政治环境十分恶劣。京汉铁路工人大罢工遭到了军阀吴佩孚的镇压，工人领袖林祥谦被枪杀。“二七”惨案的血还在反动派的刺刀上一点点滴落，各地工会均遭解散，全国一片白色恐怖，持续一年多的中国工人运动开始走向低潮。而奇怪的是，安源工会却一枝独秀。

这时安源的辉煌还远不止于此。除了这座彰显着工人权利的俱乐部大楼，还新增了7所工人学校、5处工人读书处、1所工人图书馆、2所工人消费合作社，资本达2万元。还购买了房产3栋，并有化妆讲演、各种游艺。又组织有青年部、经常纠察团、裁判委员会。还办起了中共第一所党校，刘少奇兼任校长。学员结业后，有的被送去广州黄埔军校或农民运动讲习所学习，多数被派往工厂、农村开展革命工作，对各地革命运动的发展起了重要的作用……

他们甚至还有力量向全国兄弟工会伸出援手。如：经济援助唐山、京汉、水口山、汉阳铁厂等处失业工人者近2000元；援助株洲、长沙被水灾的难民千余元。

对于当时工人的精神和生活状态，刘少奇在他的一篇文章中，曾这样表述：“安源的工人做完了工可以读书，可以看戏，可以听讲，可以做各种游艺。子弟读书不要钱，秩序有自己的纠察团维持，不受兵警的蹂躏；犯事有自己的裁判委员会裁判，不致受腐败法庭的虐待；青年工人有工会的青年部游戏教育，不致年长失学；买东西有自己工会的合作社，不致受商家的剥削。此外工会订购有各种报纸，印刷各种传单小报及工会纪念册等，工人处处都可看到。各种大的会议及示威运动，仍是继续公开的举行，并无一时停顿。群众精神异常振作，莫不惊振一时……”

完全是一派“世外桃源”般的和美景象，一块无产者的天地，被时人誉为中国的“小莫斯科”。

事后，刘少奇总结经验时也无不自得：“‘二七’失败以后，全国各处的工会都被军阀解散，反动势力弥漫全国。安源工会处在这样黑暗的环境里面，为什么做出那样光明的事业呢？军阀、资本家为什么不用军队去压迫他、解散他呢？资本家的破坏手段，为什么次次失败呢？这正是因为自己看清了环境，在敌人进攻时立取守势，不让敌人以破坏之机。”

他认为：“此为阶级争斗的手段，巧妙复杂……”

可正是为了这种斗争的“巧妙复杂”，刘少奇运用了他最独特、也是最容易让人产生非议的手段。他将工人的斗争激情，从“左”的、激进的状态中，拉回到他所认定的正确轨道上来。

罢工胜利后，不少工人觉得天下就已经是自己的天下，可以随心所欲，为所欲为。他们时而要求再增加工资，时而自动将每日工作时间减至四小时，很多工人自由旷工，他们不听管理人员和工头的指挥，甚至不听俱乐部的指挥，想罢工就罢工，煤炭生产因此一落千丈，减低一半。直接危害到了整个煤矿的前途命运……

而此时，“二七”惨案的枪声还在耳边呼啸，工人们陶醉在自己的胜利里，视而不见。对安源这座“海上孤岛”，反动势力恨不得一夜之间将其淹没，工人们却没有警惕。情况于是变得十分复杂，在这种情况下，我们的工人难道还要去进攻么？难道不可以采取暂时退却的方式，以求得自己的生存和发展么？

这时，中国共产党还是一个十分稚嫩的党，面临许多复杂情形都没有现成的经验。刘少奇坚持了他的稳健，他是一个头脑冷静的革命者。他明白，社会改造应是分步骤的，目前的任务就是使无产阶级团结起来，养成支配社会的潜伏势力。这就必须让工人的力量生存下去并不断壮大，就必须依托矿山，发展生产，让工人有生存的空间。否则，共产党人精心造就的这支工人革命队伍就会“树倒猢狲散”。在革命的危急关头，掌握好斗争的“度”，是为革命的前途大计考虑。

刘少奇完全按照自己的思路在对安源工人运动前景进行周密的策划。他将劳资关系调节到了一种最佳状态，工人俱乐部的工作一时成了调节劳资矛盾的“润滑剂”。

在工人俱乐部讲演厅，他在劝导工人和其他领导者：“我们痛苦，我们要增加工资，要减少压迫，但我们不能吃了饭不做工。吃饭不做工，是我们社会主义最反对的。我们很多人做工，又不能不有一种系统和秩序，所以工厂也要一种正当的厂规。有些工友以为厂规是资本家订的，不管他正当与否，故意不守，工头职员在工作上正当的指挥，也故意不听，如是工头职员也落得不去干涉，大家不负责指挥。工友见工头职员不负责，产业秩序均受很大的影响。这种错误我们也是有的。我们应该守正当的厂规，我们应该自治，保持自己的秩序，不要人家说我们的坏话……”

刘少奇苦口婆心劝导工人，不能为部分的暂时的利益而妨害长久的整个阶级的利益。在一定的条件下，经济要求应有最高限度，不要以为要求越高越好，更不能因为工人俱乐部是“青天衙门”，就不顾一切地“事事冒险直冲”、“盲目的奋斗”……

我的案前有两篇刘少奇当年写的文章，一篇是《救护汉冶萍公司》，一篇是《整顿萍矿意见书》，这是两篇公开向资本家出谋划策的文章。可见他对煤矿的前途也投入了极大的关心。他希望安源煤矿的生产能够很快恢复到正常水平。连矿长李寿铨也被刘少奇的救护矿区的诚心所感动。在他的《药石轩日记》中，就多处记载了刘少奇和他的接触，写下“其言甚恳切”、“意殷而心虚，可佩！”等语。

刘少奇采取的“守势”（并且也有恰如其分的“进攻”），让安源工人运动在逆境中生存、发展了三年。成为中国工运史上一个极其特殊的楷模。

这段成功的历史似乎不可否定，但这种成功的做法却难以得到一些人的认同。成为一段说不清，道不明的历史。总之，他的思路与党内教条主义者的思路完全不合拍。

刘少奇因此长期陷入矛盾之中，委屈和苦闷一直伴随着他很多年。

后来，他来到了广州，同样的问题也出现了：工人“左”倾的要求和行动同样严重。这时他“摆了点‘老资格’，将安源的经验拿来运用”，在工人代表大会上系统提出了一个报告，详细说明工人的要求与行动应如何才属正当。他告诉大家：“整个国民革命的利益高过工人经济的利益，工人不能为部分的暂时的利益，妨害长久的整个阶段的利益。经济要求应有最高限度，使企业不致倒闭。工人的行动要顾及联合战线，不要与当时国民革命的利益矛盾。”

然而，他的报告一提出就碰了“钉子”，在工人中引起了相当的反感。

1927 年初，刘少奇来到武汉工作，又遇着同样的问题。只是他没有别的方法来解决。刘少奇说：“有了广州的‘钉子’，我只好保持缄默。”

正好这时，赤色职工国际的负责人罗佐夫斯基的人来到武汉。刘少奇详细报告了事情的过程，并虚心请教。不料也让刘少奇失望而归，罗佐夫斯基也不能解释好这个问题，只说：“工人不能使企业倒闭，请政府帮助那些不能维持的小企业，但工会不能代替政府。”

刘少奇说：“许多企业已不能维持，而工人还要提要求，这怎样办呢？”

罗佐夫斯基不语。

1926 年 12 月,美国人白劳德受赤色工会国际派遣来到中国,在汉口和上海协助组织泛太平洋产业工会书记处,并担任书记处书记。刘少奇带着这个问题在上海和他谈过整整两天,以求得到最正确的答案。可白劳德没有正面回答,只是递给刘少奇 20 元纸币说:"你谈的这些材料,我可写篇文章寄给美国杂志,分给你一半稿费。你所要求答复的问题,在我美国工人运动中还未遇到过。"

后来他在苏联又问过许多人,均未得到理想的答复。也许这本身就是一个没有答案的问题。但历史上都说工人这样做是对的,这就让刘少奇心里十分不安。

他发现,这可能是中国工人运动中特有的问题。他的痛苦和忧虑,在 1937 年 2 月 20 日致中共中央负责人洛甫(张闻天)的信中,就可以看得出来。他实际上是对当时中国革命"左"的倾向的担忧。

这封长信洋洋数千言,刘少奇在信中第一个指出此前十年中央存在"左"的错误。信中,他重提在安源的那段经历:"整个形势要求工会的方针退却与防御,然而工人要求进攻,这种情形将我苦闷欲死。"他说:"为了忠实于工人长期的利益,不能接受工人的要求进攻。然而工人要自动进攻,自然产生这种领导进攻的领袖。资本家因为生产减低,逼着工会,各方责难工会不应减低生产。在工人中进行解释,说不清,无法只得在会议通过后去阻止早下班,结果弄得工人与阻止的纠察队冲突。李立三亲自带领纠察队去阻止,工人要打他。我批评工人不要过分,工人要打我,说我被资本家收买……"

他重提安源的做法,希望能够得到张闻天的认同。然而事与愿违。好在这时候还有一个人支持他的观点,这就是毛泽东。

毛泽东夸奖刘少奇说得好,是"一针见血的医生"。

在大是大非问题上,刘少奇是个很固执的人,他对真理的捍卫胜过捍卫自己的生命。由此我们可以触摸到一个苦苦求索的共产党人的赤胆忠心。

四

如果沿着刘少奇领导安源工人运动的思路，就会发现：他的这种灵活、稳健的政治策略和工作作风，一直延续到了以后很多年。他始终觉得真理在自己手上。

北平和天津解放后，毛泽东收到了当时中共华北局书记薄一波写给他的一封信。信中汇报了一个重要的情况：天津解放后，工人要起来夺取资本家的财产，这让资本家情绪很不稳定，导致天津的经济形势急剧下降，社会也出现动荡……收到信后，毛泽东认为事情严重，于是，想到了刘少奇。他希望刘少奇去天津看看，稳住工商界。

这时，刘少奇已经和王光美结婚，岳父母就住在北平西城旧刑部街32号，他想以女婿的名义去见见他们，顺便摸摸天津的情况。岳父王治昌是个实业家，1924年孙中山先生逝世后，国民党迁都南京，王治昌不愿跟国民党走，隐居北平，教育子女，后来，子女大都参加了革命。王光美的母亲还冒着生命危险掩护过地下工作者。

王治昌告诉刘少奇，天津的资本家长期受国民党宣传的影响，对共产党不了解，害怕“共产”，人人自危，无心开工生产，有的已经抽逃资金，往海外一走了之，市场极为混乱，物价上涨，原料匮乏，生产停顿，工人失业……他希望刘少奇去天津后，能多联系工商界人士，做点工作。

于是，刘少奇到了天津。

来到天津的刘少奇发现问题的确很严重。工人们对于资本家的继续存在根本想不通。他们说，新中国了，工人当家做主了，资本家要逃就让他们逃吧，要关门就让他们关好了，他们不开，我们开，组织起来办合作工厂。

刘少奇认为，这种抛弃资本家的做法是错误的。在1949年4月24日天津的干部会议上，他说出了自己的想法："在中国目前的条件下，私人资本主义的若干发展，对于国民经济是有利的，对于国家是有利的，对于工人也是有利的，失业还不如有业。"他还说："今天中国不是资本家太多、太发展了，而是太少、太不发展了。"

这是新中国即将建立之时，一个共产党的领袖人物，在公开的场合再一次为资本家评功摆好。

第二天，刘少奇邀请李烛尘、周叔韬、宋棐卿等128位民族资本家一起座谈。会上，资本家说出了他们的胆怯：他们怕听"资本家"这个称号，也怕提"剥削"二字。他们怕共产党一股脑把他们赶到被消灭的那一边去。他们怕的不是没有道理。

刘少奇说话了，他的话自然而亲切。他说"如果你们能找出另外的词来代替也可以，在没有找到别的适当的词之前，我只好依旧叫你们资本家。剥削是个事实，哪怕是罪恶，也只好承认了。不过认为剥削多，罪恶大，要审判，要枪毙，苦闷彷徨，那是错误的。……我们共产党人知道，资本主义一方面建立了历史上前所未有的高度剥削制度，另一方面也为人类社会创造了前所未有的巨大产业。"

他接着说："资本主义产业发展了，无产阶级力量也会随之增强。马克思说，资本主义100年间将生产力空前提高，比有史以来几千年生产的总和还多。从发展生产力看，资本家阶级剥削是有其历史功绩的，我们不能抹杀这个事实。骂是骂，而资产阶级这个功绩还是有的。从推动人类社会向前发展说，是功大罪小。今天的中国资本主义还在年轻时期，还可以发挥它的历史作用，尤其是当前，我们要求工商界发挥积极性来发展生产力，建设新中国，这正是你们为国建功的机会！"

这个著名的"天津讲话"，虽然让资本家松了一口气，同时也让党内不少人倒抽了一口冷气。"剥削有功"论，从一个中央领导嘴里说出，可谓一石击起千层浪，引起极大反响。

可不管怎样,客观事实摆在这里:不到一个月的时间里,天津新开张厂店达1160户,财政收入比前一个月增加1.5倍;两个月后天津的进出口总值达到了解放前的最高水平。北方这一最大的工商业城市局面得以稳定,也因此影响到了全国。

天津讲话的言辞尽管有人说“矫枉过正”,但是符合党的七届二中全会精神的。毛泽东听到后也认为讲得很好,虽然个别言辞不一定准确,可以推敲……

几个月后,全国的军事斗争即将结束,华北基本上已经没有战争,中国进入全面建设时期,新的历史任务落在了共产党人肩上。1949年的初夏,刘少奇在华北职工代表大会上作了《关于工会工作问题的报告》,又一次谈到了劳资关系。

他无所顾忌的谈论,总能振聋发聩,让人耳目一新,同时也充满疑问。

他对职工代表们说:“现在工人、工会怕资本家赚多了钱,怕什么呢?相反,应该让他赚钱,他赚了钱,或赚的多些,他才开工厂。不能怕人家赚钱,人家一赚钱,你就想搞掉了他,那谁还想办工厂?……前几天资本家宋棐卿说他对工人是剥削,我说‘你现在剥削一千多人,若剥削两千人更好了,我们愿请你多剥削些工人……’”

刘少奇的话,是一个坚持真理的马克思主义者的心里话,是实事求是的由衷之言,是他从安源工人运动中总结出来的正确的经验。把握好了革命的“度”的,正是一个成熟的中国共产党得天下的大策略。

五

“文化大革命”开始后,由于刘少奇命运的改变,安源历史开始了另外一种叙述。

被打倒的刘少奇的罪名,被江青等人诬陷的三顶大“帽子”中,有一顶就是“工贼”。他成了“反对安源工人罢工”、“出卖工人利益”、向资本家“屈膝投降”的一个罪人。1967年5月,《人民日报》《红旗》杂志开始批判《燎原》,理由是“篡改历史,抹杀伟大领袖毛主席的光辉作用,为中国赫鲁晓夫树碑立传”。批判时还将李立三也捎带了进来:“电影一出笼,一小撮反革命修正主义分子为之喝彩。老机会主义者李立三连续发表文章,公开声明‘雷焕觉’就是某某人……”

电影《燎原》从此被当作反面教材来播映。有人在文章中这样回忆:“每当推出字幕1921年。天空破晓,阳光透过乌云倾泻大地。一辆拉煤车呼啸着驶进安源,坐在木料上的雷焕觉迎风朝矿区望去的时候。挂在墙上的高音喇叭就开始哇哇直叫:好一幅救世主下凡的景象!这是反动影片《燎原》的炮制者,为中国赫鲁晓夫树碑立传的点睛之笔!’”《燎原》的作者彭永辉也开始受到严厉批判,不断升级的批斗会让他尝尽了苦头。老人们还记得,每次批斗会上他都必须抱着电影胶片,脖子上挂上黑牌,上书“刘少奇吹鼓手”六个大字,跪在台上任凭众人的口诛笔伐。几年前,我见到彭永辉先生时,他已经八十岁高龄,因为患脑血管病,记忆力在渐渐丧失,而说起“文化大革命”期间那段遭遇,总是无奈地连连摇头,一幅不堪回首之状。

跟着倒霉的还有一个人:油画家侯一民。

侯一民是新中国第一代油画家的代表人物之一。12岁学国画,16岁考入国立北平艺专(中央美院前身)国画科,后师从徐悲鸿、吴作人学油画。1960年,为了表现刘少奇发动并领导安源煤矿大罢工的史实,再现历史的真实,侯一民曾到安源生活了15天,反复研究历史文献,创作了油画《刘少奇与安源矿工》。

我看过这幅画,刘少奇位于手持劳动工具的激愤的矿工之中,神色坚定沉着,具有很强的真实感。全画以黑红色为基调,烘托出庄严、深沉而又热烈的历史氛围。美术界的专家认为,在60年代,这幅画以极富感染力的构图和表现方法,为革命历史画的创作树立了榜样。

但这幅油画最后成了作者不堪回首的伤心之作。

因为刘少奇的命运，此画受到了批判，作者亦遭受磨难。1966 年 8 月 5 日，《人民日报》发表署名中央美术学院附中师生的文章《两幅篡改历史的黑画》，文中说：1961 年和 1966 年先后出笼的油画《×××与安源矿工》和国画《同志》，是两株大毒草……

“文化大革命”时，侯一民只好又画了一幅油画，名为《毛主席与安源工人在一起》，也算是“将功补过”吧。

跟着遭殃的除了人，还有俱乐部旧址前的两棵梧桐树。因为误传为刘少奇亲手所种，也没有逃过厄运。造反派们用斧头将两棵梧桐树砍掉，还挖地三尺，将树根刨出后浇上汽油焚烧，叫作肃清余毒。几天后，用汽车从湖南韶山拉来两棵大柏树，在原来的位置上栽下。听说，种树那天安源锣鼓喧天好不热闹，鞭炮足足响了一个多钟头……

据知情人回忆，两棵梧桐树在刘少奇来安源之前就已种下，并非刘少奇所栽。后来归于刘少奇名下，是因为安源老工人袁品高一句不经意的话。

1964 年 4 月 30 日，袁品高应国家主席刘少奇的邀请到家里做客。两人谈到往事，特别是忆起安源路矿工人俱乐部时，刘少奇格外兴奋，说：“你记得么，建俱乐部讲演厅的那八根柱子，还是我经手从株洲买来的呢。”袁品高说：“对对对，您当年在门前种的两棵梧桐树，如今长得蛮高了！”在刘少奇的记忆中，当年俱乐部门前是有两棵梧桐树，于是惊喜地说：“哦？这两棵梧桐树还在呀！”

事后，袁品高便把刘少奇的这一谈话看成是默认。

袁品高时任安源路矿工人俱乐部名誉主任，回到安源后，立即叫工作人员在梧桐树下立下一块木牌，上书“刘少奇同志当年在安源亲手栽种的梧桐树”。可他万万没有想到，两棵树却因此遭殃。

刘少奇这个人名真正进入我的视野，正是在“文化大革命”初期。那时我小学刚刚毕业，从一个小镇随父母来到城里的初中读书。是满街铺天盖地的大字报和大幅标语让我记住了这个名字。他被称为“中国的赫鲁晓夫”，他的名字上总是会被用红颜色打上叉，几乎所有文字都是对他的批判，语言都含贬义和辱骂。街头丑化他的漫画形象，时至今日都还依稀记得。在我幼小的心灵里，他就是一个被“妖魔化”了的人。很长一段时间里，刘少奇的名字就是一个遭人唾弃的“罪人”的名字。

六

在遭受迫害的日子里，刘少奇心灵受到最大的摧残，最痛苦的时候，他总会想到安源。思绪总会停留在一间普通的屋子里，停留在房间里的那张简易的、挂着麻纱蚊帐的木床。那张普通得不能再普通的木床，承载了生命中最真实、最动人的情感。

这里，不仅是他革命的处女地，也是他爱情的处女地。

他想起了他的结发妻子。

这是工人俱乐部二楼的一间房子，这是他们的洞房，这是命运安排的在黑暗中的一次盛典。书桌上方的那一盏灯，可为他们的爱情作证。在风中飘拂的短发，那黑色的短裙，从风里走来的，从云中飘来的，正是他的可爱妻子何葆贞，她的眼角仿佛也噙着泪水。

这是一个多么美好的夜晚，在一个怀揣着革命理想的战场，这小小的房间所制造的温馨氛围，给了人们很多想象。这是一个工人领袖的“浪漫”。

刘少奇是在长沙清水塘22号，即毛泽东、杨开慧夫妇的家里认识何葆贞的。他到长沙向毛泽东汇报安源工作时遇见了她。这时，她还是湖南省立第三女子师范的学生，学生运动的组织者，因为闹学潮被学校开除。无家可归的她只好暂住在毛泽东、杨开慧家里。

第一次见面，充满朝气而又端庄秀丽的何葆贞，在刘少奇心中留下了很深的印象。也许，毛泽东是在成人之美，不久，何葆贞也被调到安源工作，担任路矿第三子弟学校教师兼俱乐部书报科委员。在那里,他们相爱了。何葆贞打心里崇拜这个年轻的工人领袖,刘少奇也喜欢她的天资聪颖,也特别喜欢她的活泼外向。毛泽东和杨开慧做了他们俩的“红娘”。

1923年9月中旬的一天,安源牛形山下。结婚的仪式是文明而简单的,不坐花轿,不拜堂,只开了个欢快的茶话会。那天,刘少奇身穿青布中山服,何葆贞穿一件月白色浅竹布上衣,配一条黑布的裙子。

第二年,他们在安源生下了一个儿子,取名叫允斌。

可惜,允斌还不到一周岁,这对革命伴侣就忍痛割爱,活生生上演了一曲骨肉分离的安源“托子”戏。

因为刘少奇要调到革命的中心广州筹备第二次全国劳动大会,何葆贞也要调回湖南,他们只好将儿子托付给了朱少连。后来,又送到湖南宁乡老家。之后,他们两人时分时合,时而长沙、上海,时而广州、武汉,居无定所。先后又生下了儿子允若,女儿爱琴。为了革命工作的需要,也都忍痛割舍给了别人。最后,刘少奇奉命前往中央苏区,与何葆贞在上海作别。谁知此一别,9年夫妻竟成永诀。

何葆贞1933年在上海被捕,次年被枪杀于南京雨花台。

当何葆贞牺牲的噩耗传到刘少奇耳中时,已是十几年后的1945年,他已身在延安。闻讯后的他悲痛难忍,挥毫写下了12个大字:“英勇坚决,为女党员之杰出者!”

他还亲笔为何葆贞写了一个小传:

何葆贞,女,湖南道县人。湖南衡阳第三女子师范学校学生,1922年加入社会主义青年团,后转入党。因反对学校当局的学潮被开除学籍,1923年到安源路矿工会所办之工人子弟学校教书,是年与我结婚。和我一道参加过长沙、上海、广州、武汉、天津、满洲等地党的、工会的、妇女群众的许多工作。生2子1女,1933年在上海被国民党宪兵逮捕入狱,被判徒(刑)15年,由南京第一监狱执行。因她与狱外党的组织发生关系，被发现，第二次判在南京枪毙。

刘少奇记

1945年3月22日

极其平常的文字，表面看来无半分情感的抒发，也无半点哀伤感叹，冷静得让人窒息。可细细读来却字字如血，行行如泪，让人心恸。

新中国成立后，刘少奇第一次离京南下，他偕王光美专程来到南京雨花台。神情肃穆，沉思默哀。他动情地对随从人员说："何葆贞同志就牺牲在这上面。"说完，语气哽咽，一个堂堂国家领导人竟在陪同人员面前潸然落泪。

令人心酸的是，他与何葆贞爱情的种子，他的三个儿女也没有能够躲开后来的那场狂风暴雨。

在安源生下的长子允斌，1957年从苏联回国后从事国防尖端科学研究，参与了我国第一颗原子弹的研制工作。"文化大革命"时被作为"白专典型"、"特务"、"反革命修正主义分子"遭到残酷批斗。于1967年12月的一个冬夜在包头市郊卧轨自杀，结束了年仅42岁的生命。次子刘允若1960年回国后在第七机械工业部从事科研工作，"文化大革命"时被无故逮捕，投入黑牢达8年之久。出狱两年后病逝。长女刘爱琴1949年回国，担任北京师范大学附属女子中学俄语课教师，"文化大革命"也被扣上"里通外国的特务"的罪名，屡次关入牛棚，遭到毒打。（幸运的是，刘爱琴等到了父亲沉冤昭雪的那一天。）

而这一切，被强制"与世隔绝"的刘少奇直到死还全然不知……

1980年，刘少奇的冤案才得以昭雪。

党的十一届三中全会之后，党中央对刘少奇问题进行了详尽周密的调查核实，确认这是一起全国最大的冤案。1980年5月17日，中共中央、人大常委会和国务院为刘少奇举行了隆重的国葬仪式。追悼会在可容纳万人的人民大会堂举行，这是这座大会堂1959年建成之后第一次。

“是喜事,是胜利!”邓小平对王光美说。

还是在1956年时,刘少奇就曾经郑重其事嘱咐过他的妻子王光美:自己去世后遗体火化,不保留骨灰。把骨灰撒在大海里,像恩格斯一样。

王光美依照了刘少奇的生前意愿,将他的骨灰撒入了大江大海之中。

王光美深深理解刘少奇对安源的感情,1992年,她专程来安源,把刘少奇任国家主席时一直穿在身上的灰色中山装送给了安源路矿工人运动纪念馆,作为永久的纪念。

一切都结束了,而伤痛尤在。

很多年后的2006年,已是79岁高龄的刘少奇的长女刘爱琴来到安源,在父母亲曾经生活过的房间伫立良久,然后轻轻地坐在床沿,用手抚摸着苎麻织的蚊帐,往事如烟,竟老泪纵横。

写到这里,我突然又想起刘少奇在莫斯科东方大学写的那首自由体新诗,一句“你的眼睛充满忧虑”让人愁肠百结。

1927，秋季的枪声……

一

这是一阵尖啸得让人心里发怵的枪响，划过秋日沉闷的天空、山丘、田野和村庄，静寂得让人不安的湘赣边界，开始弥漫着一种神秘和诡异。

一开始，枪声还显得有些稀疏，有些零落，接着便急促了起来，开始有些惊心动魄，有些惊天动地。有人说，那是汉阳造和土铳的声音，期间还夹杂着土炸药的爆炸声。这是一块已经干枯得就要着火的土地。这一阵枪声就像点燃了一场火，火势越来越猛，烧得这个世界开始有些发痛。

这是 1927 年的 9 月间，枪声在宣告着什么，在言说着什么，也好像在对这个世界宣战。因为这个世界已经腐朽，已经不可救药，它必须用另外一种方式来改变他。这是一个政党的抉择，也是一个青年的抉择。这个年轻人后来成了一个党的领袖，一位开国元勋。

虽然在他的一生中，很少有子弹从他的手里射出，可他知道枪和子弹的分量。他说过的一句话惊天动地："枪杆子里面出政权。"这是从他亲眼所见的汩汩流淌的鲜血中，从一个政党撕心裂肺的痛楚中得出的结论。这个结论让人清醒并开始成为他的行动纲领。

这个一生很少亲自操枪的人，最终却成了无数支枪的指挥者和操控者。他试着用枪来改变这个世界，他渴望一枪就能把这个混沌的天空打塌一大片。其实，他的“枪法”很准，他瞄准了这个世界的“死穴”。

枪声越来越密集，密集得如同村里跳“傩神”的时候不停地放鞭炮。硝烟便升腾了起来，把整个天空弄得暮霭沉沉。有人说这是暴乱，有人说这是暴动。

二

古人常云“多事之秋”，或云“危机存亡之秋”。让本来天高气爽的秋，多了几分险情，添了几分恐惧。“秋”字的组合也真是特别，一个“禾”字，告之世人乃收获的季节；一个“火”字，则表明秋天空气干燥，干柴烈火，一点就燃。秋，真是个交织着成功与危险的时间段。

暮霭沉沉的秋夜，总像要发生点什么。

这是枪声响起的前几天，在赣西的一条小路上，有人在匆匆行走。一个穿着农人便装的瘦高个子的青年，一脸的神秘和严肃，在对随同的人轻声说话时带着浓重的湖南口音。瘦高个子抬头望天，天上滚着浓云，像是要下雨的样子。他没有迟疑，仍是急匆匆继续往前走。

他们要到一个地方，去决策一件惊天的大事。

这个一口浓重湖南湘潭口音的瘦高个子就是毛泽东，刚刚由中共湖南省委任命的前敌委员会书记。他们一行人从湖南长沙而来，坐火车沿着株萍铁路来到萍乡，再转乘煤车来到安源，此刻他们走的这条路，是通向靠近煤矿的一个村子的路，这个村子叫张家湾。

他一步步走在路上，两侧稻田里快要成熟的谷子散发出清香，他知道这是成熟的标志，这个念头让他兴奋。眼前，一切是如此熟悉。熟悉得令他感慨。与他六年前第一次踏上这块土地时的感觉已经截然不同。他也觉得自己成熟了许多。这个秋天的黑夜里,他的思绪回到了6年前,他回味掷出火种时的样子,心里便有了一丝得意。

他承认,他真正的革命实践,是从安源开始,这是他作为职业革命者的实验地和处女地。而这6年,的确是一个令人亢奋而又充满痛苦的过程,贯穿着他对革命认识的一次次裂变。

对这个煤矿最初的了解,其实应该在1920年11月间。

那一年,他离开长沙来到离家乡并不很远的萍乡县城,住在一个小旅馆里,一住就是几天。在这些日子里,他沉淀了对中国命运的看法,思考着社会改造的途径。“几个月来,已看透了,政治界暮气已深,腐败已甚,政治改良一途,可谓绝无希望,吾人唯有不理一切,另辟道路,另造环境一法”,他在萍乡给向警予的信中这样说道。他的想法已经在超越不久前的“社会改良”。他思绪奔涌,一连写了8封回信,给罗章龙,给李思安,给向警予,给欧阳泽……他的落款均为某月某月“萍乡旅中”。

那些日子他想了很多。俄国革命的模式似乎已经慢慢楔入他的脑中。从激进的新民主主义者到共产主义者,他的转变在“萍乡旅中”的文字里可以看出端倪。正是在萍乡数日,他了解到离县城十里的地方有一座大煤矿,他构想:一个符合国际共产主义运动轨迹的革命演练,也许正好在这里开始。

于是,在第二年的秋天,他便来到了这座煤矿。

对于此行对革命的意义和作用,也许还没有来得及作深层次的思考,也可以说,一切是按照中国劳动组合书记部的指示进行的。这时,他已经是中国劳动组合书记部湖南分部的主任,而他的上级就是萍乡人张国焘,中共一大的主持者,中国劳动组合书记部的创始人。

对毛泽东这个农民的儿子来说,他开始面对的是一块陌生、神秘的土地。但他坚信,这是一个可以点燃烈焰的地方,他此行是想去试探那里的温度和燃点。

那时，作为一个职业革命者的思路或许与六年后的今天迥然不同。一个从韶山农村的田野里走出的、穿着粗布长衫的书生，他最熟悉的也许只有农民。可如今要奔有着17000多路矿工人的大洋矿而去。好在，这里做工的"炭古佬"绝大多数都是曾经的"泥腿子"，他们来自湖南、湖北和江西各地，因为失去了土地，只好来安源挖煤赚钱糊口。他深信能够在他们中间播下革命的"种子"。

他找到一种最恰当的办法来到这里，以煤矿职员毛紫云的客人名义来安源参观。他走进了总平巷、火车房、洗煤厂和工棚……这次考察让他受益匪浅，他似乎找到了这个地方的着火点。于是在离开安源之后，不到2年间先后4次来此，并即时派来了李立三、刘少奇和蒋先云，后来又陆续派来了陈潭秋、蔡和森、恽代英、林育南、林育英……这些年轻人来到安源，就如同历经了初次冶炼的钢，后来都成了叱咤风云的人物。

就如同世界各地的工人运动一样，他们启蒙工人认识自己的命运，并成立属于工人自己的团体，采取非暴力的方式向资本家施压，为工人争得利益。并在1922年秋季策划了一场让国内震惊的大罢工，并以其胜利成为全国工人运动的成功典范。而正是这样，毛泽东和他的战友们用巧妙的方式赢得了一个群体。17000多路矿工人被他们唤醒。按照马克思主义的理论，这批年轻的革命者，希望亲手在这里造就"资本主义的掘墓人"。

关于毛泽东来安源的历史，"文化大革命"期间一张名为《毛主席去安源》的大型油画将其渲染到了极致。青年毛泽东身穿半旧的蓝布长衫，臂挟红雨伞朝安源走来。头顶涌动着云团、远景起伏着镀着太阳金色的群山……在20世纪60年代，它曾以印刷量9亿份的天文数字，创造了红色油画发行的超级神话。

这是一幅由当时在中央工艺美术学院装潢系读书的刘春华所画的一幅油画。这时，他还只是一个24岁的在校学生，也许是命运使然，他在筹备展览中承担了一个创作任务:画一幅反映毛主席去安源的油画。

1968年7月,该画在全国公开发表并大量印制发行。随后,又用这幅画发行纪念邮票,制作像章。据说,当年林彪、江青胸前都佩戴过该画的像章;周恩来住室里唯一的一幅绘画作品也是这幅……可谓风靡一时。据说,正当全国各地大肆宣传这幅油画的时候,毛泽东才开始看到这幅油画,看起来他不甚满意,因为在一次谈话时他说:“我在安源不是穿长袍,是穿短衣。”

而油画上青年毛泽东的形象是穿着长衫的。

我当然相信作为当事人的回忆,他一定不是穿着长衫,而是穿着粗布短衣去的。而且,也不是步行。他从长沙过来,可以乘坐从株洲开往萍乡的火车,再由萍乡转坐到安源的运煤车。那时运煤火车已挂了几节客车车厢,不必像油画中描绘的那样,从萍乡一步一步沿铁路走来。

作为一幅油画作品,这些历史的细节都不是十分重要。客观事实是,正是由于这幅红色油画的广泛传播,所有的中国人几乎都知道了一个史实:毛泽东曾于1921年秋天首次来到安源。

一个29岁湖南青年的首次革命实践,成为中共党史中一个重要的历史事件……

三

此刻,他再次走在安源这条黑乎乎的、飞扬着煤灰的小道上。他走在这里,脚下觉得踏实。

他知道,只要顺着这条小路往东前行不远,就是一个叫张家湾的地方。

其实,从许多历史资料中可以察觉到,毛泽东在他革命初期,对于工人运动并没有倾注全部的热情。他的思绪会不自觉地“走神”,甚至游离党的一大所确立的“城市斗争”轨道。农民——他最熟悉的这两个字,总会像影子一样跟随他的左右。他来自农村,自认为最了解农村和农民,凭着他的直觉，全中国满山遍野都是农民。

他会逼着自问：产业工人，这个在中国并不十分强大的阶级，能够凭着独自的能量颠覆这个庞大的旧世界？

事实上，后来发生的一切验证了此刻埋在他内心的预感：先是1923年京汉铁路工人大罢工惨遭镇压。史称“二七惨案”，一个名叫林祥谦的工人领袖血肉模糊地倒在敌人的屠刀下。紧接着，全国各地工会均遭封闭。只有广东和湖南例外。虽然，当时的安源奇迹般成为中国的“小莫斯科”，但这也不能说明什么，全国各地的工运几乎都被反动军阀打了个“落花流水”。其实，安源也好景不长，两年后的1925年的9月，一阵凄厉的枪声也结束了它的最后的辉煌，这就是安源“九月惨案”。10月，时任安源路矿工人俱乐部主任的黄静源被枪杀。

枪声和鲜血开始再次坚定了毛泽东的想法：在半殖民地半封建的中国，“资本主义掘墓人”的阵营，的确势单力薄。4亿多人口的中国只有200万产业工人，何况，军阀用枪对你说话。于是，农民两字又在他的脑子里浮现出来。中国历代的造反，哪一次离开过这些“泥腿子”？

这时，有一个人引起毛泽东的极大兴趣，这就是彭湃。

彭湃，这个地主的儿子，竟然完全背叛了自己的出身，他在广东海陆丰把农运搞得轰轰烈烈，甚至革起自己家里的“命”来。在他的指导下，1924年7月在广州成立了农民运动讲习所。“这可在中国历史上，或许在整个人类历史上，是第一个以政治反叛为目的训练农民的学校。”毛泽东成了他的第一个可共事、可施以援手的人。后来，他也被邀请在农讲所授过课，自然讲得激动人心，让彭湃也眼睛为之一亮。后来，毛泽东还担任过第六届农民运动讲习所的所长。

1925年2月6日，他和杨开慧带着岸英、岸青回到韶山冲。他利用过年的空闲，在家乡进行了一场农运的实验，这个从土地中“破茧而出”的人，最后又回到了农村。他在韶山创建了农会，同时在他的父母曾经住过的那间卧室的阁楼上，成立了中共韶山支部——这可是中共第一个农村党组织。

之后，北伐战争勃然兴起，席卷中国，把另外一场农民的革命也带动起来，这就是湖南的农民运动。

这场来势凶猛的浪潮，毛泽东为之拍手称快，而党内却众说纷纭，赞誉的有之，诋毁的有之。“痞子运动！”有人这样评价。毛泽东心中不甘，他花了32天的时间走进乡村，考察湖南农运，一篇长达两万多字的文章，字里行间激情喷礴：“简直是急风暴雨，顺之者存，违之者灭。其结果，把几千年封建地主的特权，打得个落花流水……”“孙中山先生致力国民革命凡四十年，所要做而没有做到的事，农民在几个月内做到了。这是四十年乃至几千年未曾成就过的奇勋。这是好得很”……这就是他在《湖南农民运动考察报告》中的激扬的句子。

连瞿秋白也给了毛泽东一个称号：“农民运动的王。”

毛泽东仍然十分纳闷。这时党仍然在“城市道路”上艰难行进，“农民”两字还没有真正放在党的心上。那些“正统的”马克思主义者，并没有认识到中国的革命应该与欧洲有所不同。心中纠结之时，他也会徘徊于武昌黄鹤楼前，面对奔涌的长江，用诗对中国的未来发出感叹：“黄鹤知何去？剩有游人处。”心事之苍凉，见诸诗句中。

一场劫难迟早要来临，这是他的预感，其结果也正是如此。

当国共合作的北伐战争高歌猛进时，上海出事了。这是1927年的4月12日，代表国民党右派的蒋介石开始了与共产党的决裂，血淋淋的屠刀下，共产党人一个个倒在血泊里。紧接着5月17日，驻宜昌的夏斗寅率所部独立十四师进攻武汉，发表反共通电；四天后，驻长沙的许克祥率所部第三十五军独立三十三团发生兵变，湖南的工农运动也一夜间浸入血泊之中。因为21日的电报韵目代日是“马”字，故称为“马日事变”。

毛泽东心急如焚，心里反复在掂量着一个字：“枪！”

他急匆匆赶回湖南，联络起各地党的组织，要求各县工农武装一律迅速集中,不要分散,要用武力来对付反动军队,以枪杆子对付枪杆子,不要再徘徊观望。几天后,他又赶赴参加7月4日的中央政治局扩大会,在会上,毛泽东又撂下一句话:“不保存武力,则将来一到事变,我们即无办法。”显然,这句话是针对着当时以陈独秀为首的中共中央说的。他已经看到了问题的严重性。

枪,如果不在共产党的手上,就要遭大殃。

果然,只过了11天,汪精卫控制下的武汉国民政府公开宣布“分共”。合法的中国共产党从此成为“非法组织”,一切都陡然发生了逆转。

在这血腥的日子里,刚刚经过改组的由张国焘、周恩来、李立三、张太雷、李维汉5人组成的临时中央政治局兼常委,在这个关头断然决定了两件大事:第一,将中国共产党所掌握或影响的部队向南昌集中,准备起义;第二,在秋收季节,组织湘鄂粤赣四省农民暴动。

这是秋收起义的最早成因。

这时的毛泽东并不在湖南,而是在环境极其险恶的武汉。8月7日,毛泽东出席了在汉口秘密举行的中共中央紧急会议,这就是中国共产党历史上有着重大转折意义的八七会议。就在这个会议上,毛泽东发泄了一通这些日子来心中的郁闷。他说:“从前我们骂中山专做军事运动,我们则恰恰相反,不做军事运动专做民众运动。蒋唐(指蒋介石、唐生智)都是拿枪杆子起家的,我们独不管……”

他还说:“以后要非常注意军事,须知政权是由枪杆子中取得的。”

这就是毛泽东第一次在党的重要会议上,首次提出的“枪杆子”理论,这是他从反面得出的结论。

听说,会议一开完,主持中共中央工作的瞿秋白就向毛泽东征求意见,希望他到上海中共中央机关去工作。毛泽东没有接受瞿秋白的好意,这时,中央政治局已经责成他以中央特派员的身份,回湖南改组湖南省委,并领导秋收暴动。他的脑子里已经在勾画出那场暴动的影像。他已经有了一种回家乡湖南闹革命的冲动。

他回答得有些直接:“我不愿跟你们去住高楼大厦,我要上山结交绿林朋友。”

这是他读《水浒传》读出的灵感?

听说,毛泽东不但喜欢读《水浒传》,还向往书中写到的那座英雄聚义的梁山。连美国作家罗斯·特里尔在他的《毛泽东传》中也有这样一段叙述:“1919 年春……就在北京的学生提出砸烂孔家店时,他去山东拜谒了孔墓。他(毛泽东)回忆说:‘我看到了孔子的弟子们濯足的那条小溪和孔子幼年时住的小镇。’他攀登了东岳泰山,游览了孟子的出生地,然后又到了梁山,这是《水浒传》中英雄聚义的地方。”

瞿秋白十分看重这个年轻人,很想留在身边工作。但他还是尊重了毛泽东自己的选择。就这样,他于 8 月 12 日秘密潜回长沙。

就这一选择,成就了毛泽东这辈子最值得回味的一件大事。

四

从安源煤矿去到张家湾村的这条路,看似不长,其实很长。

从来安源从事“合法”斗争,到今天成了统治者称为“大逆不道”叛逆者。从只是呼呼口号,游游行,罢罢工,到开始动刀动枪,这条路,他一走走了 6 年。

我想,这时的他定会有诗人般的冲动和浪漫。这是一个曾立过大志的年轻人,初涉从未经历过的大事时,自然会刺激起的热血和激情。这是一种叛逆者的豪情。他生于湖南,正属楚人的文化禀性。

说起湖南,总会想起悬挂在岳麓书院大门外的那副名联:“惟楚有材,于斯为盛。”真是气贯长虹,目空一切!既是狂言,也是自信,绝非妄言。你只要数数名闻天下的湘楚人物,就不得不刮目相看。从两千年前的屈原,到宋明道学的开山周敦颐，从近代中国“睁眼看世界”的先行者之一魏源，到创立湘军的曾国藩，晚清重臣左宗棠，再到“有心杀贼，无力回天”的谭嗣同，再到《警世钟》《猛回头》的作者陈天华，以护法运动名震天下的云南督军蔡锷……哪个不是叱咤风云的人物？

一代旷世逸才的湖南人杨度，就写过最著名的两句话：“若道中华国果亡，除非湖南人尽死。”可见湖南人的豪气和霸气。还有一句名言说：“天下无湘不成军”，也可见湖南人在军队、在战争中无与伦比的作用。

也许正是湘楚传统的血脉相连，毛泽东一生有个最敬重的湖南人，那就是离他的家乡并不很远的湘人曾国藩。他们之间有一点十分相似，开始都是一介书生，从来没有想过要带兵打仗。曾国藩直到36岁时才受命于危难之际，从此办团练、聚乡勇，戎马一生，最终创下伟业。如今的自己也要走上这条腥风血雨之路，他在效仿先人，用刀枪“杀”出一条血路来。

他明明知道这是铤而走险，今后的日子必然与战火硝烟相伴，与生死别离相随，但这路你不走也得走，他别无选择。“蒋介石你不杀他，他要杀你。”40年后，他先后两次与来华访问的外国朋友说过类似的话：“像我这样一个人，从前并不会打仗，甚至连想也没想到过要打仗，可是帝国主义的走狗强迫我拿起武器。”

他的投笔从戎几乎不存半点迟疑。

……黑夜里，他听到了自己显得有些沉重的声音，在沉闷得让人窒息的黑夜里，他的布鞋与地上的沙石摩擦发出的脚步声，时急时缓……他的心情很不平静，他知道，就是上个月，也就是8月1日的南昌，已经响起了由共产党发出的枪声。这是由周恩来在南昌率领国民革命军贺龙、叶挺部两万多人起义。这是共产党在血腥的日子里，向国民党发出的第一声反抗的枪声。这枪声尖啸而悲壮。只是可惜开始如同狂风暴雨，不久就零零落落，这支起义队伍原定计划南下广东，准备在取得外援后攻打大城市，结果受到了重创。

血在汩汩流淌着，旗杆也险些被折断，正义仿佛又要重新淹没于邪恶里。

而秋收起义，作为中共中央决策的第二大行动，已经如涌动于地底的岩浆。毛泽东希望在这次暴动中发出自己的声音。他要树起一面独一无二的旗帜。这面旗与南昌起义的旗不同，南昌起义举的仍是国民党左派的旗，而毛泽东则要举真正属于共产党的旗子。

别小看这旗子的归属，在当时的党内，却排得上是大是大非。就在中共中央几天前召开的重要会议八七会议上，调子还是这样定：中央认为，对于将要爆发的暴动，湖南国民党左派的下级党部比任何省要有基础，更需要团结他们共同斗争……

毛泽东有自己完全不同的看法。他主张这支将要“揭竿而起”的队伍，必须举起一面真正属于共产党的旗，而不是国民党的旗。他认为，国民党的旗帜已经失去号召力。但他的建议并没有说服党内的领导者。为了证明自己看法的正确性，他秘密回到湖南，趁着送杨开慧回老家板仓又作了一番细致的调研。从那些朴实的农民嘴里再次认定：国民党右派在残酷镇压工农运动后，这个党在人民中已经没有好名声了。

夜黑如墨，秋虫啾啾。他决定以湖南省委的名义提笔再次给中央写信，以他的忠心苦苦相劝：“国民党旗子已成军阀的旗子，只有共产党旗子才是人民的旗子……国民党的旗子真不能再打了，再打则必会再失败。”信中在表明他的态度，陈述他的想法。煞费苦心，只为能够按照他的轨迹，以保证暴动的成功。

写完信，他心里依然无法平静。暴动在即，作为本次行动的指挥者之一，许多问题仍未完全与中央达成共识，不能不说是件十分苦闷的事。何况，还不仅是旗帜问题，还有土地问题、暴动后的政权问题、秋暴的范围问题……都与中央的意见有些不合。不解开这些心中的“死结”，起义成功就无把握。

信一送出，他长叹一声，他希望中央能够理解他的此番苦心。

好在，他终于说服了中央。虽然还有些问题未能达成共识，他有一点可以肯定，这次起义，可以公开打出共产党的大旗，成为不同于南昌起义的先声。这等于向世人公开宣告：共产党与国民党不共戴天、彻底决裂了。

虽然，8月30日的湖南省委会议，依然按照中央的意思制定了以长沙为中心的暴动计划。毛泽东仍然对这次暴动充满着期待。正是在这次会议上，毛泽东被任命为前敌委员会书记。可以说，这是他成为军队统帅的开始。

会后，毛泽东匆匆离开长沙前往安源，他要在这个叫张家湾的地方召开军事会议，对起义进行部署。离开前，他先送杨开慧回板仓老家。行前，杨开慧给丈夫带上草鞋，并叮嘱毛泽东最好扮成郎中。（但谁也没有想到，此次话别，竟成夫妻的永诀！三年后杨开慧被国民党作为“匪首”妻子杀害，正在井冈山指挥红军反“围剿”的毛泽东得知这个噩耗后肝肠寸断，在给杨家的信中，痛言“开慧之死，百身莫赎”。）

五

暴动在即，毛泽东没有去驻扎着浏阳工农义勇队的铜鼓，没有去驻扎着由共产党人领导的警卫团的修水，而偏偏走向安源。

毛泽东自有他的考量。

他知道，这块他亲手播过“火种”的这个地方，这块有着众多优秀战士的地方，是完全可以信赖的地方。正是这里，不久前还经历过北伐战争的锤炼和考验。

1926年6月到1927年间的这一场惨烈的战争，枪口直指北洋军阀，一时惊天浪涛席卷南北，这场战争从发兵到中途夭折，为期只有10个月。但北伐让一度受到压抑的安源工人重新昂奋，当北伐先遣队叶挺独立团进入湖南,分散在各地的安源工人纷纷参加这支"铁军",安源,成为北伐缓缓不断的兵源。连尼姆·威尔斯所写的《续西行漫记》中也这样写:"有一个时候,叶挺一师全部都是汉冶萍矿工……"

毛泽东为此感到欣慰,这个由他和他的战友们精心打造的队伍,终于在战争中显示出与众不同的力量。安源已经成为他建造的一个大本营。

而选择在安源矿区东头的张家湾召开起义的军事会议,又似乎别有一番深意。这里背靠罗霄山脉的北段安源山,再往北,就是位于芦溪的武功山。何况,张家湾又名水浒庙。本身就隐含"逼上梁山"的意味。

这是张家湾一栋砖木结构的两层楼房,距工人俱乐部很近,只有大约里把路的样子。小楼原为当地一土豪所建,后又成为地主武装"保卫团"驻地。1922 年 9 月工人罢工胜利后,俱乐部在此办工人子弟学校和工人夜校第一校。这时,小楼已成为部分农军驻扎地,已经弥漫着火药味。

就是这一栋普通得不能再普通的小院落,却因为那夜的秘密会议写入了史册。

昏暗的马灯的灯光,仿佛能照亮这座房子每一个细部,照亮坐在这张椭圆形会议桌周围的每一张脸。浏阳县委书记潘心源的脸,安源市委负责人宁迪卿的脸,赣西农民自卫军总指挥兼安福县农军负责人王兴亚的脸,还有杨骏、蔡以忱的脸……在四周包围着的黑暗里,更显得每张脸孔的亮。毛泽东透着光在观察着每个人的表情,在黑暗与光亮之间,他不知道,这光究竟能把他们生命带向哪个终点。可惜灯光黄了些,脸的表情也显得有些复杂,于是有些异样。

这是有生以来第一次召集的与打仗、与枪杆子有关的会议,似乎与一个文弱书生沾不上边。一个湘潭口音在不停地说话:关于八七会议的决议,关于在湘东赣西举行暴动的决定,关于暴动的具体部署……声音很小,但不管怎样小都充满着浓重的火药味。各路起义军首领的眼睛里,都有一点即燃的火焰。

椭圆形的桌上，有毛笔在黄裱纸上行走。“行动纲领”的每一个字在灯光里跳动着。于是，就有了中国工农革命军第一军第一师的名号，就有了相互交叉的镰刀锤头旗号，就有了三个团的领导者和整个起义的行动方向。

几乎没有什么异议。起义军兵分三路，所有的行动目的，首先就是会攻湖南省城长沙。

党史学家也许都会注意一个细节。就是毛泽东在会上的一个特别提醒：暴动后决不能放弃萍乡和安源，“使敌人断绝我们的退路”。历史的结局往往会印证一些看似微不足道的细节。已将暴动的结局作最坏打算的毛泽东，在起义受挫后提出移师萍乡，正是合了他在张家湾的预感。

其实，萍乡和安源并非最后的战场。也许他看重的并非安源本地，而是离安源仅有100多公里的罗霄山脉中段。

而这段历史还有故事值得玩味：王兴亚，赣西农民自卫军的总指挥，一个在后来起义失败后叛逃而去的人，此时在张家湾会议时有意无意说过一句话，他说曾经带领农民自卫军攻打过永新县城，那里有两个可以称兄道弟的朋友，一个叫袁文才，一个叫王佐。他还说，这二人在宁冈和遂川仍保存着枪支人马，如暴动行动失利，可投奔他们去……

无法印证毛泽东听后的表情，但事实已经证明他将这几句话记在了心里。

六

我曾多次地想象一条不寻常的路曾经发生的一个传奇。这是从安源到铜鼓近两百公里的路上的故事，80多年前毛泽东平生第一次历险。

他是9月6日离开安源的，他决定用3天的时间赶到铜鼓，根据行动的部署，驻扎在铜鼓的工农革命军第一军第一师第三团首攻浏阳，而浏阳离长沙最近，进可战，退可守，地理位置极为重要。毛泽东决定亲赴铜鼓直接指挥这一路的行动。

然而，此行却险些成了他的“不归路”。

关于这段历险，谢觉哉在他的一篇名叫《浏阳遇险》的文章里有简单的记述：

> 1927年准备秋收起义的时候，毛泽东同志以中央特派员资格并受湖南省委的委托，到铜鼓去领导驻军起义。一块去的共有三个人，走到浏阳时，被团防军逮捕了。团防军押着他们走，毛泽东同志在路上故意装作腿痛，一步一步地拐，落在后面。他掏出一把钱来，对团防军说：“朋友，拿去喝茶吧！”那些人接了钱，他就走。没有走出几丈远，那些人喊起来，其中有一个人追到了他跟前，他只得站住，又给守追的人一点钱，并且说：“没有了，朋友，再见吧！”等他走到前面的岭上的时候，追他的那个人才大喊起来：“跑了，跑了！”跟着大队就从他后面追来；毛泽东同志急忙走下岭，躺在一个水沟里……人声听不见了，他爬起来，涂了些泥在腿上，装作农民的样子，走上一个高岭，这已经是江西地界了……

后来，毛泽东通过一个打柴人的帮助，用剩下的钱买了一双鞋、一把伞和一些食物，继续赶路。走到铜鼓已经是9月10日了。

这绝非一个虚构的故事。这篇回忆曾刊入《星火燎原》杂志中。据说，就这样一篇文章，却不料犯了“大忌”。“文化大革命”时江青点名要拿掉这篇文章，她说毛泽东作为伟大领袖怎么能有被捕的经历呢？好在文章的作者谢觉哉是个有分量的人物，1933年到1934年间在中共苏区，曾经给中华苏维埃临时中央政府主席毛泽东担任了两年秘书。后在中央苏区任内务部长，新中国成立后先后任最高人民法院院长、全国政协副主席。

他解释说：“在延安，有一次我去主席那里，主席同我讲到他的这一段经历，我听了很有味道，请主席写出来，主席说：‘你写。’后来我就写了这篇《浏阳遇险》，内容全是主席亲自讲的。我记得主席讲这件事情的时候，讲得很高兴，仿佛仍然身临其境。这篇文章有什么问题，我看一点问题也没有。”

可在那个时代，写被人奉为“圣明”的领袖人物的被捕和逃跑，就是对领袖的不敬，是大逆不道的。冯骥才曾经在他的一本名叫《100个人的10年》的书里，就写了一个因此而落难的小学老师。他因为向学生讲述过毛泽东“浏阳遇险”的故事，结果遭人陷害，受了7年牢狱之苦。

可是，毛泽东作为当事人似乎津津乐道于这个经历。虽然他的一生曾经历许许多多险境，但“浏阳遇险”对他来说可谓是刻骨铭心。在中央苏区时，他不但跟身边工作的秘书谢觉哉讲过，后来在陕甘宁边区也跟前来采访的美国记者埃德加·斯诺讲过。斯诺在他的《西行漫记》这本书中，也用了大段的篇幅描述了“遇险脱险”的经历，其内容与谢觉哉文章所说大同小异。但在斯诺这本书里对严酷的环境进行了更多的说明：“那时的白色恐怖到了极点，数以百计的共产党嫌疑人被枪毙，如果被押到团防局，肯定是死路一条。”

几十年后，一代伟人的生命历险仍让人生出无穷想象。有研究毛泽东的外国作家曾经这样推想：如果毛泽东这次历险不能幸免于难，中国后来发生的许多事情，也许就是另外一种情形。当然也就没有井冈山根据地，没有农村包围城市的实践，没有延安的陕甘宁边区，中国革命的进程也许就要从此改变……

七

这是一个令人兴奋的时间段。

脱险后的毛泽东终于在9月10日这天到达铜鼓浏阳工农义勇队团部，宣布把部队改编为工农革命军第一军第一师第三团，向浏阳进发。而就在前一天，湘赣边界秋收起义已按原定日期爆发……

这时，一面由何长工、陈树华、钟文璋、杨立三设计制作的红色的军旗已经完成。旗侧直书“工农革命军第一军第一师”字样，旗中央则是五角星衬底的交叉的镰刀锤头。这时，去武汉报告工作的卢德铭已经赶回部队，这个曾由孙中山亲自面试后进入黄埔第二期步兵队学习的军人，被任命为工农革命军第一师总指挥。

卢德铭向修水起义部队授旗。旗一展开，尤似一阵旋风掠过，黑夜也就好像颤抖了一下。

一切都在按照行动的计划推进着：9月9日，京汉和株萍铁路工人开始破坏铁路；工农革命军第一师师部在修水率第一团宣布起义，单独向平江方向推进。在安源，工农武装和矿警队同时起义，组成工农革命军第一师第二团，向萍乡方向挺进。起义军形成三路分别向平江、浏阳、萍乡推进的态势……

从来没有亲身体验过战争的毛泽东，此刻犹如西班牙的斗牛士，有种挑战式的激动。诗人性情在血液里开始奔突起来，一首名为《西江月·秋收起义》的词流泻而出：“军叫工农革命/旗号镰刀斧头/修铜一带不停留/便向平浏直进/地主重重压迫/农民个个同仇/秋收时节暮云沉/霹雳一声暴动。”

全无矫揉造作的书生气，只有一股奔涌而来的气势。这是他第一首以战争为题材的诗词，却从中折射出他对战争的乐观态度。之后，毛泽东写过不少与战争有关的诗词，且大都是在最艰难困苦的时期写出，充满豪迈、乐观。压力越大，诗情愈浓。然而，诗情只是一种心灵的慰藉，现实往往比诗中的情境更残酷得多。毛泽东平生第一次亲自参与指挥的战事，完全没有依照勾画的路线运行，起义初始的气吞山河的气势，在攻下浏阳后就露出了自己的“软肋”。

一个不可回避的结局开始显现，在考验共产党这支刚刚学习战争的队伍。

战事一开始就不是很顺利，先是收编的邱国轩团叛变，一团在金坪受挫；后是二团攻克萍乡失利，改攻醴陵后一路与三团一起攻下浏阳，虽现出一丝亮色，但很快就被黑暗包围。国民党在获悉起义军“系全国著名共产党首领毛泽东在主持”后，“立即加派第八军一团车炳谦营长于二十四日全部赴浏阳协剿，一面通令各军，如获毛逆者，赏洋五千元”。国民党正规军集中优势兵力反攻，二团溃败，三团也在浏阳东门受挫。各自为战的起义军被打得七零八落，溃不成军。

这时，这一个声音在沉闷地回荡：这是改变原有部署的声音，是当机立断的命令，却与中央意见相悖。这是毛泽东发出的声音。他率三团从东门撤至上坪。“文家市会合，先退萍乡再说！”这是他在上坪会议上作为前敌委书记的声音。

这已经是9月15日，一个没有星星的晚上。文家市，一个湖南浏阳与江西万载、萍乡交界的边陲小镇，此时成为一支“败兵”的集结地。不是胜利的会师，没有兴奋，没有欢呼，清点人数，只几天的战事，原先三个团5000人的兵力，损兵折将只剩下1500余人。

黑夜总是这样紧紧追逐着这支代表着光明的队伍。且黑暗的力量远远大于他们的力量。整个队伍都在关注着统帅者的表情，他们的决定关涉着剩下的每一位战士的命运。进攻还是退却？生存还是死亡？在闷热如炙的初秋拷问决策者。继续攻打长沙城，乃中央的决定，却可能葬送全军，多出1500个英魂。如退却，则可以救下这支队伍，但却会以“逃跑”罪论之，成为永远难以抹去的政治“污点”。

何况，退，又退向何方呢？

这是两难的抉择。“向萍乡退却！”——还是这个声音在说。在很多时候，退却乃是一种力量的积蓄，是为了准备下一回合更有力的进攻。他派人送信到长沙，向省委报告平、浏受挫实情，希望能停止明天在长沙发动的省城暴动。这个时候更需要清醒的头脑。

文家市，里仁学校后栋的教室里。一场争论仍正在进行，这是毛泽东召开的前敌委员会会议。第一师师长余洒度在大声说话。他仍坚持“取浏阳直攻长沙”，他认为这时取浏阳仍有胜算。而毛泽东的态度则完全相反，他认为以千人之弱旅，去打大城市，无异于以卵击石。他仍然坚持“保存实力，回兵萍乡”，并拿出一张白天从学校借来的地图，指着图上标明的罗霄山脉说：“我们要到这眉毛画得最浓的地方，去当山大王！”

有人觉得不屑：革命革到山上去了，这算什么革命？

毛泽东则说：我们不是历史上的草莽英雄，是共产党领导的有主义、有办法的、革命的“山大王”！

争执、争执……整整一个通宵。好在，有一个举足轻重的人站在毛泽东一边，他支持了毛泽东的主张，这个人就是起义总指挥卢德铭。他这关键一“票”，让决策的“天平”倾向了主张南下退却的毛泽东。

向萍乡退却——这一“退兵”之举，最终改变了中国革命的一个大格局。

几天后，中共中央一份新的决议送达长沙。指责停止长沙暴动和放任工农军退却是“临阵脱逃”；责令湖南省委：“应一面命令萍、浏、江一带工农军进攻长沙，一面立即爆发长沙的暴动。”这是中共中央根据共产国际驻长沙代表马也尔的报告作出的决议，只是这份决议送达湖南时，起义军早已开拔南下，无法执行了。

八

南下萍乡是一次艰难的退却，一开始就充满险情。

当起义部队进入到萍乡上栗，就得知萍乡已经有国民党重兵驻守，只好改道芦溪。9 月 23 日拂晓，部队从芦溪宿营地出发，分左右两路隔袁河上行进大安里。当走到离芦溪 15 里的山口岩时，却遭到敌军伏击，江西军阀朱培德一个营和江西第四保安团已经闻讯从萍乡赶来。部队仓促应战。于是，山口岩，这个名不见经传的地方成了毛泽东的一块伤心地，遭遇了暴动以来第一次大悲伤。

总指挥卢德铭为保护整个部队进山,决定率领一个连阻击敌人。一场恶战就在这里打响,昏天黑地,一直坚持到上午9点多,卢德铭推想部队已安全脱险,这才命令战士撤出阵地,追赶大部队。按理说,这已是完美的结局,却不料,撤退途中通过一片开阔地时,却遭到敌军的伏击,无数呼啸的子弹从高处向他们射击。在空旷的地面,卢德铭高大的白马格外引人注目,一排子弹飞来,击中了他的胸前,顿时一阵眩晕跌落马下,鲜血染红了山地,从此再也没能起来……

英雄殉难,毛泽东闻讯声泪俱下。卢德铭时年仅22岁,又是起义军中唯一懂得军事的指挥官,出师未捷身先死,岂不痛心!他大声疾呼:"还我卢德铭!给我三个师我也不换啊!"声震山谷。他心里明白,这个自己并肩战斗刚刚十几天的战友,是用自己的血肉之躯救了这支军队,当然也救了他。

山口岩一役让起义军又损失掉300人。失去军事总指挥的毛泽东如同失去右臂,此刻只有强忍泪水,带着剩余的千余人马、700条枪继续向前行进。

这是一支被伤悲浸染的行军,部队情绪十分低落,前程愈显渺茫。往前是莲花县城,再往前便开始进入到罗霄山脉中段的崇山峻岭之中。过去,所有的历史教科书都说毛泽东是直奔井冈山,其实不然。我读过一些党史研究者的专著,几乎所有从文家市出发的当事人,都没有听说过目的地"井冈山"这个名字。只知道要去罗霄山脉中段,也就是到毛泽东所说的"地图上眉毛最浓的地方"做"山大王"。而罗霄山脉绵延数百里,具体在哪里落脚,谁也没有答案。

可"天无绝人之路"。历史就像是一部出神入化的大戏,可演绎出意想不到的剧情。据说,在行军途中,一封由宋任穷从江西省委带回的信件让毛泽东眼前一亮,信中说,罗霄山脉中段的宁冈有党的组织和一支我党所领导的地方武装,保存有几十杆枪。这就让毛泽东猛然想起在张家湾时王兴亚说过的那段话,想起了宁冈和遂川的这两个人物——王佐和袁文才,袁文才武装的驻扎地就是井冈山北麓宁冈茅坪，这也许正是军队的落脚处。

于是，一座被后人称作“圣山”的地方，在这支队伍面前越来越清晰、透亮起来。这是天赐的归宿，最终成为这支疲惫军队的生存和“星火燎原”之地。

“向萍乡退却”——这历史的声音让我这个萍乡人自豪。这是黑夜中的闪亮“转身”，一场险些被黑暗绞杀的革命力量得以死里逃生，一支弱小的军队开始走向强大。因为有了这个转身，一个伟大的战略构想终于成为可能，“农村包围城市”——一个在黑暗中挣扎的国度从此“柳暗花明”，走出一条通天大道。

从安源山到井冈山，我会时时考量着这两座山的内涵，从地理上看它们同属罗霄山脉，只不过安源山属北段，井冈山属中段，中隔两百多里，而在毛泽东的生命中，这两座山都有着同样的分量。

1927 秋季的枪声，总能唤来许多的记忆。透过这枪声，我终于触摸到了两山之间那相连相通的血脉了……

忠诚与壮烈

一匹疾驰向前的烈马，扬起战场上的尘土发狂似的奔突，炮弹在身边炸响，发出震耳欲聋的声响，子弹在头顶呼啸，如同食人的鬼魅。天地间呈着血红色，混浊一片不知哪里是东，哪里是西。到处都是嘶喊，到处都是喷射而出的鲜血。

活着，或者死亡。所有人都面对着这个抉择，所有人都已杀红了眼。

这是 1927 年 5 月 28 日，在第二次北伐战争的河南临颍战场。北伐军第十一军二十六师七十七团团长兼党代表蒋先云，一骑白马，率部在与数倍于己的奉系军阀激战。这的确是一匹上等的战马，犹似一阵狂风，呼啸而去。而马背上的军人更如发疯一般，血红的双眼，铁青的脸庞，扬起的军刀指向敌群，嘶喊的声音惊心动魄。突然，他的左腿像被什么东西蜇了一下，血便汩汩地从裤筒里流了出来，染红了白马的腹部，然而他的冲锋并没有停止，他的钢刀还在高举。这时，他的肩胛处又是一阵剧痛，战友们只见他身体剧烈一晃，人和马便一起重重扑倒在地上。

“先云，快给我退下！”只听师长在喊，这是命令的声音。

“不捉住张作霖，我不下火线！”他的眼睛好像在喷射着火。他对身边的士兵大声喊:“快扶我上马！快扶我上马!”他的语气不容迟疑。

他再次强忍疼痛跨上坐骑,又一次向前冲锋。骑下的烈马已经被鲜血染红,奔突于战场就像一面飞扬的旗。这匹引人注目的马引来了敌人更多的炮火。或许,这正是他所希望的一种结果,他渴望所有的炮火向他一个人涌来。不知他是在用自己的身体掩护冲锋的战友,还是要让炮火验证他的勇敢和忠诚?

了解他的师长和战友们都知道,他的心里正憋着一口气。他是在用血来清洗有人对他的疑心,用血来代替他的内心表白。也许,他认为只有这种形式可作为盟誓,一切辩解都显得苍白无力。

白马向前,勇士向前……然而,前面就是死亡,就是终结。他深知这一切,他就是要迎这个结局而去。稍倾,他突然觉得头部猛烈地颤了一下,天和地开始在旋转。他不知道,他的身体多处被弹片击中。最后,弹片竟穿过皮带,直入腹腔。他只觉得再也支撑不起自己的身体,他慢慢地倒了下去,最后把自己交给了大地……

一切都结束了,所有疑惑、猜测和所有的不信任……都结束了。他终于用这种最极端的方式,表明了他的忠诚。所有的人,包括党内曾经对他不信任的人,面对他的牺牲都在惋惜:为什么一定要这样呢？为什么不可以采取另外一种方式呢?

但惋惜和追问都无法解释一个烈士的执着和他的壮烈。他以殉职表明心迹,他为荣誉而牺牲。

一

从许多史料中,我所得到的对这个人物的印象,都如此强烈。

其实,最早知道蒋先云这个名字是从安源工运的史料中。翻开安源路矿工人运动史,蒋先云的名字赫然在目。安源路矿工人俱乐部机构名单中留下这样的记载:党支部书记、文书股长蒋先云。

而他来到安源,正是受到时任中共湖南支部负责人毛泽东的派遣,成为“安源工运的三根撑门柱”之一。安源路矿工人大罢工的爆发,蒋先云作为重要的组织者立下了汗马功劳,许多文稿,比如罢工胜利后的《上工宣言》都出自他之手。“罢工胜利了,气也出来了! 从前是工人牛马,现在是工人万岁……”这些精短、明快、动人心魄的句子,至今人们还记忆犹新。

离开安源后,他走上一条更为崭新的道路,而火一般燃烧的激情,却支持了他生命的始终。我越是深入他的生命,心灵就越感到震撼。

1955 年春天,蒋介石在台北接受美国《纽约时报》专栏作家苏兹贝格的访问,当话题谈到“黄埔三杰”之一的蒋先云时,他仍然毫不掩饰自己的感情,称蒋先云是他“最得意的门生,奇才”。1973 年,当苏兹贝格来到北京,访问周恩来时,也谈到了“黄埔三杰”。周恩来用自己的话印证了蒋介石的话,他说,蒋先云确实是蒋介石最得意的学生。黄埔一期的同学徐向前在回忆在黄埔生活时说:“蒋先云是我的良师益友,他斗争坚决,作战勇敢,头脑敏捷,堪为青年军人的模范。”时任黄埔军校国民党党代表的廖仲恺惊叹他是“军校中最可造就的人才!”国民党将军张发奎,也赞美“此种健儿,天下能有几人?”

当年黄埔军校的同学这样感叹:“蒋先云犹如恒星一般,无论身在何处都不减其光辉,他是天然的领袖,好像天生就是人中龙凤……”

就是这么一个人,是毛泽东介绍他入党并把他引入革命道路。而他死后,主持追悼大会的是周恩来。

这一切让我更加生出一种好奇,我渴望深入这个人物生命的历程。

蒋先云,字湘耘,别号巫山,湖南省新田县大坪塘乡大坪塘村人。1919 年,还在湖南省立第三师范读书时,他就显露出过人的才华。某日,老师以“月”字为题,要学生造句联对。蒋先云疾笔写出“残月西斜,漫洒人间;日出东方,大地红遍。”十六个字。国文老师一看,大为震惊。寥寥数语,却寓旧世界行将结束，新世界将要结束之意，老师批语：“含意深厚，超脱异常。”

他是一个激进的学生。他在学校带头发起组织“学友互助会”，宣传革命思想和新文化运动，创办《嶷麓警钟》并自任主编，杂志针砭时弊的力度可与《湘江评论》齐名。在“五九”国耻纪念群众大会上，他亲自登台作《怎样洗雪我们的国耻》的报告。据说听众人山人海，水泄不通。他的这些举动，都进入了毛泽东的视野。毛泽东决定将湖南三师作为革命学生活动的基地，成立中共湖南三师党支部，并成为蒋先云的入党介绍人。他从湖南三师一毕业，就被毛泽东派往安源，与李立三、刘少奇一起从事工人运动。

这时，蒋先云刚刚20岁出头。时任俱乐部主任的李立三很看重这位年轻人，再加上又是湖南同乡，罢工一结束，就将自己的胞妹李抵欣介绍给了他，最后成了夫妻。

20世纪20年代的安源，许多共产党员人都将此作为革命的实验地。正因为有了安源的历练，蒋先云成熟很快，不久就被派往湖南水口山矿组织工人运动。他运用安源的经验，“如鱼得水”般在那里演绎了一场气壮山河的斗争。他因此成了被北洋政府悬赏通缉的人物。

“乱世出英雄”。蒋先云与生俱来的“英雄”情结，在那个时代找到了平台。

1923年1月，共产国际代表马林向孙中山提出了一个建议：创办军官学校，建立革命军。孙中山接受了这个建议，第二年便选定广州黄埔原广东陆军学堂和广东海军学校的旧址建立军校。任蒋中正为校长，廖仲恺为国民党党代表。共产党员叶剑英为教授部副主任；周恩来为政治部主任，此外还有恽代英、萧楚女、聂荣臻等共产党人担任教官及各方面的负责工作。

这是国共两党第一次合作的产物，两党都希望通过创建革命军来挽救中国的危亡。

1924年春，黄埔军校第一期开始招生。时任国民党中央候补执行委员的毛泽东负责国民党上海执行部工作，并负责黄埔军校在上海地区（长江流域及其以北各省)考生复试工作(这也正是黄埔一期湖南学生最多的原因之一)。毛泽东首先想到了在安源工运中曾委以重任的蒋先云。在毛泽东的眼里,这个相貌英武、勇气过人的年轻人是个可统兵打仗的人。于是亲自推荐他作为湖南党组织选派的考生。(史料记载:蒋先云填写的调查表,就写明他是由毛泽东介绍投考黄埔军校的)

考试要求非常严格,报考者要经过初试、复试、总考试三关。先在全国19个省区进行招生初试,然后再到上海、重庆等市进行大地区范围的复试,合格后方可到广州参加总考试。考试科目为作文,要求考生论述中国分弱的原因和挽救之良策。此外还有数学、历史、地理等科目的考试。结果,在1200余名考生中蒋先云名列第一。就这样,蒋先云成了黄埔军校第一期的学生。

按照军校的规定,凡进入黄埔的共产党员,均须加入国民党,具双重党籍,蒋先云也就成了共产党中的国民党员。

二

在黄埔军校,有一个人被称之为“中国的麦克阿瑟”。

这个人就是蒋先云。

麦克阿瑟是美国著名的军事家。第二次世界大战时期历任美国远东军司令,西南太平洋战区盟军司令;战后出任驻日盟军最高司令和“联合国军”总司令等职。这是一个具有狼一般性格的人。麦克阿瑟1899年考入美国军事学院,就是著名的西点军校,他在校期间刻苦攻读,4年之后以98.43分的成绩毕业,创下该军校25年的分数记录,破格晋升少尉。十年后,成了西点军校校长……

蒋先云与麦克阿瑟有着惊人的相似之处:从入学开始一直到毕业考试,蒋先云囊括了所有科目成绩的第一名,创造了黄埔军校史上一项“后无来者”的奇迹，就是在中外军校史上也非常罕见。而只有当年麦克阿瑟在西点军校创下的纪录才可与之比肩。

黄埔一期当时流传一句名言：“蒋先云的笔，贺衷寒的嘴，陈赓的腿”，总称为“黄埔三杰”。（其中蒋先云和陈赓自始至终都是共产党的忠诚战士，只有贺衷寒后来倒向蒋介石。）

1924年8月，第一个黄埔共产党支部成立，蒋先云众望所归，当选为第一任支部书记，从600多名在校学生中发展了80多名共产党员。其中人们熟知的就有徐向前等人……接着，蒋先云又发起成立中国青年军人联合会，蒋先云当选为中央执行委员会常务委员。“青军会”成立仅2个月会员就达2000多人，一年半后竟增至2万余人。后来，从黄埔走出许多共产党人，都离不开蒋先云的引导。

也许同为“蒋”姓，蒋先云的才华横溢，天资超群，再加上他的英武相貌，一开始就受到黄埔校长蒋介石的格外器重。可谓爱之于手足。蒋介石平日里正颜厉色，黄埔学子一见到他心里就会发毛。可正是这个蒋校长，在蒋先云面前总会一改常态，满脸的和颜悦色。甚至在一次公开的讲话中，蒋介石就夸他“是我们黄埔军校最好的革命军人，如果我们军校的同学个个都是蒋先云，革命一定可以成功！”

正因为如此，黄埔一期毕业时，蒋介石将他留在黄埔，做了他的侍从秘书。

平心而论，蒋先云虽为中共党员，除了党派、政见不同外，对于这个校长也是心存敬意。蒋的威严和雷厉风行的作风，都是一个领袖人物不可或缺的品质。何况，当时国共两党在“联俄、联共、扶助农工”大旗下精诚合作，有共同的奋斗目标，跟随蒋介石也无可厚非。作为国共两党共同创办的黄埔军校，就有不少共产党员担任要职。

如果说，蒋介石心里所想的是将一个共产党人收编到他的阵营的话，蒋先云则是雄心勃勃，要借黄埔军校这块宝地，实现自己救国救民的梦想。蒋先云并不甘心在司令部里做文案。“宁为百夫长，胜作一书生”，他提出要去戎马倥偬、炮火纷飞的前线冲锋陷阵，建功立业。

蒋介石理解他，答应了他。

这年，蒋先云参加了两次讨伐军阀的东征。先后担任东征军的参谋秘书、东征前方政治部的秘书，连、营党代表，二次东征军的第七团党代表。两次东征，他三次负伤。在广州平定“杨刘”叛乱中，他亲率一个连冲进市中心，占领了滇军总指挥部，立下奇功。第二次东征，他亲率敢死队参与攻克惠州、剿灭陈炯明老巢之战和统一广东之战。据黄埔校史记载：是日，蒋先云一手举着盒子枪，一手握着指挥刀，带着所属敢死队扶梯登城，与守城敌军士兵开展肉搏战，他因此多处被刺伤，血流不止……

蒋先云一路拼杀，一路战功，更增加了蒋介石对他的好感。他曾抚摸着蒋先云伤痕累累的身体感慨万千：“昔日赵子龙，一身都是胆；今日蒋先云，满身都是伤！”在后来的日子里，对他更为信任。除了要他草拟一些重要的文稿外，还要他参加一些重要会议。连军队高层的人事讨论，也让蒋先云参与其中。蒋介石还对人说：将来革命成功他解甲归田后，黄埔军校这些龙虎之士只有蒋先云才能指挥！

蒋先云因此得到了“青年军人楷模”的誉称。

三

然而，蒋先云虽然常在“君之侧”，可并没有完全了解“君之心”。甚至对这个可敬佩的校长抱有很大的希望，视其为革命成功的领袖人物。可不久后发生的一件事，改变了他对这个校长的好感。

1926 年的 3 月 18 日，海军局代理局长兼中山舰舰长李之龙（中共党员），突然接到以黄埔军校管理科交通股股长兼驻省办事处主任欧阳钟发来的一个命令，要李之龙调中山舰到黄埔候用。李之龙信以为真，果真将中山舰开到黄埔。蒋介石一面假装“惊异”，说李之龙不服调遣，擅入黄埔。一面指使其党徒散布共产党“阴谋暴动”推翻广东革命政府的谣言。以此借口调动军队，宣布戒严，断绝广州内外交通。

19日深夜，蒋介石秘密命令陈肇英、欧阳格到文德路逮捕李之龙，派兵占领中山舰并解除其武装；命令刘峙率部队包围东园内省港罢工委员会，收缴工人武装；命令吴铁城率公安部队包围苏联顾问和共产党人的住宅以及全市的共产党机关；命令缪斌将第二师各级左派党代表和政治工作人员共40多人全部扣押，拘留于广州造币厂内。并电令驻扎潮汕的第一军，把全军党代表撤销，并把他们驱逐出军外……

这就是中国近代史上有名的“中山舰事件”。

事件的发生猛然刺伤了蒋先云的心。蒋介石这一举动完全背叛了国民党一大制定的“联俄、联共、扶助农工”三大政策，是国民党右派势力分裂国共合作的信号。他开始用怀疑的眼光审视这个他所敬重的校长。

而事情并没有结束。“中山舰事件”的当日，即3月20日，蒋介石在军事干部会议。宣布军队中不能有跨党分子，国民党不许加入共产党，已加入的，退出共产党方可留在军队。蒋介石说：“有谁退出共产党？有谁跟着共产党？”并将一张“党籍声明表”发到每一个人手上。

这时的蒋先云已经忍无可忍，他第一个站起来：“我是共产党员，永作共产党员！”说完，他抓起桌上的“党籍声明表”撕得粉碎。他还觉得不解气，又将一句狠心的话掷给了对他关爱有加的校长：

“脱离共产党，就是叛卖革命，我蒋先云宣布退出国民党！”

这是一个黄埔学生对蒋校长的当面顶撞，在军校可是从来没有发生过的事。如果换了别人，接下来的定是一场猛烈的训斥和报复。让人想不到的是，蒋校长对这个学生的“无礼”竟没有发火。他只是来到蒋先云身边，拍拍他的肩膀，暗示他不要激动。

“你的事以后再谈。”蒋介石说。

第二天,他找来蒋先云,笑容依然可掬。“先云,你也不必太固执,共产主义不适宜于中国啊!”他仍然一番苦口婆心。蒋介石甚至还许诺:如果他能够退出共产党,将给他一个“中将教育长”的职位。

接受校长的“恩赐”,继续做他忠实的秘书?或者与他曾经敬重的校长分道扬镳?蒋先云面临重大的人生抉择。

他没有犹豫。他说:“对不起校长,请你尊重我的信仰……”

蒋先云离开了黄埔军校,离开了蒋介石,走得如此毅然决然。他来到广州,他知道毛泽东正在那里办中国农民运动讲习所,这是在湖南时他曾经的老上级。

没过多久,蒋先云收到了蒋介石托人带来的一封信。这是一封充满善意的信,字里行间透着诚恳。信中再劝先云重返第一军。蒋介石在信中说:不论他退不退出国民党,都希望他能坦怀释疑,恢复旧谊,重新回到身边工作。“不宿怨,不寻仇,不灰心。以光明之态度,亲爱之精诚,摒弃前嫌……”并说了一句真心话:“吾的身边不能没有你。”

言之切切,发自内心。

蒋介石深知“千军易得,一将难求”的道理。他不但写信规劝,甚至还托陈独秀的长子、时任中共广东区委书记的陈延年前来说情。可这时的蒋先云离意已决,他不想再回到蒋的身边。他将信给了毛泽东,并表白了自己的心迹。

毛泽东看了信,沉吟片刻。说:“你还是回去更好些。”毛泽东有他不同的想法,他想借蒋先云这个特殊人物的作用,为国共合作再做一次努力。

毛泽东分析了当时的局面。中山舰事件之后,蒋介石到处表示出一副认错悔过的样子。反复声称此系“个人问题,不得牵动全局”,声称“革命战线,非联合共产分子,实为国民革命之缺点”。在事变发生后第五天,他在给国民政府的“呈文”中说:“惟此事起于仓促,其处置非常,事先未及报告,专擅之罪,诚不敢辞。但深夜之际,稍纵即逝,临机处决,实非得已,应自请从严处分，以示惩戒而肃纪律。”九天以后，又发出通电，声言：“中正誓为总理之信徒，不偏不倚，唯革命是从……”

不论蒋介石的态度是真是假，共产党还是希望蒋介石重新回到孙中山所确定的轨道上来。毛泽东认为先云可以再回去，以共产党员的身份回去。

连前来替蒋说情的陈延年也说：“你回去那里也好。”

蒋先云的内心是矛盾、复杂的。毫无疑问，他要去完成的是一个不易完成的使命。他同时知道这样做的后果。此一回去肯定会引起党内同志的误解，重回蒋介石身边，从旁人来看，乃是对中共的不忠，要背负“投机者”的骂名。是与非，对与错，只有靠良心来作答。他抱着“劝蒋”、“救蒋”的目的而去，他希望能够凭着自己的过去对他的忠诚，将蒋介石从错误的悬崖边拉回来。

四

中国人看戏、读史，评判一个人的好坏，首先要弄清楚他是忠是奸，人们对忠奸的判定都是如出一辙，几乎没有什么争议。于是让人一目了然的脸谱也就应运而生。其实在错综复杂的政治斗争中，分辨忠奸却非轻而易举的事。

离开黄埔一个月的蒋先云重新回到蒋介石的身边，蒋当然喜不自禁，认为这是他以情动人的又一次胜利。

几个月后，北伐再起，在北伐途中，蒋先云竟演绎了一场“突破重围，火线救主”的惊天活剧，让蒋介石再一次感动。

这是1926年7月。黄埔师生从广州誓师出发，出师北伐。北伐途中，蒋先云一直被留在蒋介石身边，担任总司令副官兼总司令部秘书。在攻占孙传芳巢穴南昌时，经历最艰辛的“三进两出”的恶战。是时，蒋介石亲临南昌前线督战，孙传芳大军却突然包围了高安城，直捣北伐军司令部，蒋介石陷入重围,危于旦夕。好在蒋先云早有准备,率补充第五团和预备队两个团奋力抵抗,但仍寡不敌众,情况岌岌可危。这时,蒋先云竟能镇静自若,他情急智生,率团孤军拒敌,与敌肉搏,终从敌军左翼杀出一条血路,冲出了包围。恰时,雷鸣电闪,一场少见的暴雨倾盆而下,敌惧雨胆怯,无心恋战。追兵退下,蒋介石转危为安。留下了一个现代版的“天不灭曹”的神话。

死里逃生的蒋介石重整旗鼓,不到一年时间,北伐军饮马长江,连克长沙、南昌、武汉、南京、上海、福州而雄踞祖国东南各省,击溃军阀吴佩孚、孙传芳数十万大军。蒋介石因大捷而名声大震。蒋先云危险中舍身救主,与校长在炮火中安危与共,生死相依的故事,在北伐军中不胫而走,传为美谈。

与蒋介石“同事不同心”的蒋先云,在众人的赞誉中却显得十分不安。他心里明白:国共两党表面上一致北伐,暗地里却危机四伏。从许多迹象可以看出,蒋介石与共产党仍是“同床异梦”。

虽然他开始为革命的前景担忧,但对蒋介石的回心转意仍抱一线希望,他继续利用蒋介石对他的信任充当国共合作的使者。他想,如能通过自己的劝说,避免党派相残、国人相杀的悲剧,乃是中国革命的大幸!

写至此,我想起张国焘在《我的回忆》中关于蒋先云的一段话,可以印证一个共产党员的忠诚:“……他的苦闷心情似乎是当时一般青年共有的……他为当时我们一般同志所喜爱,也与我有很深的友谊。他又是蒋氏所喜欢的学生,被任为总司令部秘书,在蒋氏身边工作。蒋氏与中共间的联系,往往都是经由他处理的。蒋先云是一个真诚的共产党员,爱护中共的一切。同时,是一个有抱负的青年军人,敬佩他的蒋校长,并爱护黄埔的一切。他一直有一种天真的想法,认为中共与黄埔都是革命的精华,如果彼此间能够消除误会,合作下去,中国革命前途是灿烂的,否则将不堪设想。他那时多次奔走南昌与武汉之间,企图挽救双方的破裂。他不仅多次向我说明与蒋氏合作的重要性,也曾多次向蒋进言,要求他继续联俄容共。但他毕竟太天真了,没有了解蒋氏的意向所在……”

我曾读过蒋先云写给蒋介石的一封长信。洋洋数千言，如同朝廷臣子的谏书。这是1926年12月28日，蒋先云赴上海向陈独秀汇报之后，他以转述陈独秀意见的方式给蒋介石写过一封信。信中奉劝蒋加强汪蒋合作和国共合作，不要使统一战线中断，才能完成反帝反封建的民主革命。表面上是转述陈独秀的意见，实际为自己的真实看法。

这是一封称得上"胆大妄为"的信，在那个特殊的环境下，身为北伐军总司令的蒋介石拥兵自重，可谓专横跋扈、盛气凌人，谁敢向总司令进谏？只有蒋先云！

信中有一段话这样写道："……吾致敬仰之校长以上的话，在我个人实不敢，若是勇敢地说，反要校长疑我是造谣离间。可我是C. P.之一员，仲甫（陈独秀）他说这是顾虑校长事业生死关头的话，要我转达，我当然不能不如命转达。我是校长的学生，校长待我不薄，为顾虑校长之前途，我更不能不代仲甫转达。我希望校长明白，这不是我个人的话，是C. P.全体的说话，也正是国民党左派人及一般人所欲说而不敢说的话……"

蒋先云劝辞委婉，对党的一片真诚，天地可鉴。而蒋介石没有听进去蒋先云的话。北伐军攻克武昌、占领南昌之后，革命重心逐渐向北移，蒋的"清共"、独裁的决心就已经下定了。

在决裂之前，他必须在司令部的机要位置清理最后剩下的共产党员，那就是蒋先云。他开始向蒋先云摊牌。他将蒋先云叫到身边，笑容依然可掬。他说他想要蒋先云担任他的嫡系第一军第一师师长的要职，但有一个条件，就是公开声明退出共产党。

"中山舰事件"发生后，蒋介石要他退党，可任中将教育长的职务。那时，他的同学中甚至还没有人能当上团长。现在蒋介石为了笼络他，竟许其中将师长的官。

蒋先云并没有答应，信仰，是他看得比生命还重的事，这是他的底线。他永远记得黄埔一期开学时，孙中山来到会场给青年学生们讲的那一番话：

黄埔同学们“要从今天起，立一个志愿，一生一世，都不存在升官发财的心理，只知道做救国救民的事业”，这话如鼓如磬，仍响在耳边。

蒋介石也没有要他马上答复，给了他两个月时间，要他慎重考虑。之后蒋介石又多次派人力邀蒋先云，也没有撼动他的心。

据说，他最后决定彻底脱离蒋介石，是因为接到周恩来的一封密信，信中告诉他蒋介石最近可能公开反共，叫他尽快离开南昌赶赴武汉。

于是，在南昌北伐军总司令部里，他挂冠而别，从此与蒋介石一刀两断。

离开黄埔的头一天晚上，蒋先云没有忘记对两位跟随他多时的勤务兵说：“你们如果跟我走，就来武汉找我，如果想回家，我给你们几十元大洋做路费。”并告诫他们“千万不要留在南昌。”

第二天，蒋先云换上便装，从鄱阳湖乘木船到九江，再从九江乘小火轮抵武昌。

小小木船在江上晃晃荡荡，犹如蒋先云不平静的内心。他与蒋介石从此分道扬镳，自此彻底了断。但人非草木，孰能无情，几年来在黄埔的日日夜夜，风风雨雨，都如江水一般涌上心头。只是越想又越寒心，本以两党合作，生死共赴闻名的革命摇篮黄埔，却成了师生相杀、兄弟相残的战场。他黄埔从戎的理想竟成泡影，为革命奔走效力的心血也为之白流。此时此刻，心情之沉重可以想象。云水苍茫之间，他看天，天是阴沉的；看水，水是混沌的；看远处，茫然一片……

时为1927年2月，一个阴冷的南方之冬。

五

我由此想起了《三国演义》里的关羽。

关羽被曹操所擒后，为保护刘备的家眷暂时归顺了曹操，曹操备赞关羽的勇武，对他重加赏赐，封他为汉寿亭侯，关羽却有在屯土山约下“三事”，关键一约是“但知刘皇叔去向，不管千里万里，便当辞去”，可见其对刘备的忠诚。还有一个约定是“降汉不降曹”，又可见他忠中有义，义中有忠。曹操为了收买关羽，“三日一小宴，五日一大宴，上马一提金，下马一提银……”关羽仍不为所动，因他心中有一个“义”字在。曹操赠袍，关羽既接受，却以旧袍罩之：“……旧袍乃刘皇叔所赐，我穿之如见兄面，不敢以丞相之新袍而忘兄长之旧赐……”曹操赠他最喜欢的赤兔马，可他想到的是：“吾知此马行千里……若知兄长下落，可一日而见面矣。”

当关羽得到刘备的消息后，关羽毅然决然封金挂印，把曹操屡次给他的赏赐都封存妥当，给曹操写了封告辞信，保护着刘备的家小，离开曹营，斩关杀将，千里独行，来去明白，往奔刘备，没有半点奴颜和媚骨。

关羽所守的“义”是兄弟之情义，当然也包含“兴汉”之大义，蒋先云所守的义，则为中华民族之大义，共产主义之大义。正因为如此，才能做到“富贵不能淫，威武不能屈”，才能做到“义不负心，忠不顾死”。

然而，重新回到中共身边的蒋先云，他的忠诚和“大义”，却一时没有得到党内有些人的认可。虽然，时任全国总工会副委员长兼湖北省总工会负责人刘少奇，要蒋先云担任了湖北总工会工人纠察队总队长。但频频传出的冷言冷语，就像刀子般刺着他的心：

“蒋先云过去投靠蒋介石是为升官发财，回归共产党是伪装革命。”“蒋先云忠于革命是假，忘恩负义是真。”“蒋先云是投机革命……”

“人或誉之，百说徒虚。人或排之，半言有余。”回到武汉后的蒋先云，心情一直不好。他无法理解别人对他的不理解：自己退出国民党后再回到蒋的身边，是依照毛泽东的想法；现在脱离蒋，是接受周恩来的密令。难道服从党的安排也是投机？国民党骂他，他受得了，共产党内部有人怀疑他，他心里就感到特别难受，甚至怨愤和不平。

而这时，蒋介石对他的不辞而别也不甘心，别有用心地在报纸上刊登自己与蒋先云两人的合影，意在用离间计断其后路，“逼上梁山”，最后归附于他。

本想回归后轰轰烈烈做一番大事的蒋先云，又陷入新的苦闷之中。据后来接替蒋先云担任七十七团团长的孙天放和他的属下第九连连长黄伟斌回忆：他回到武汉时期，经常不时表现出苦闷、失望、失意，甚至心绪不定。虽然蒋先云再三向说怪话者解释、申辩也无济于事。虽经孙天放、黄伟斌多次对他劝慰，但总感到“啧有烦言、疙瘩难解”。

这时，革命形势急转直下。1927年4月12日，蒋介石发动政变彻底反共，悍然发动了一场弥漫全国的大屠杀。著名的黄埔师生如熊雄、孙炳文、萧楚女、杨其纲等，都先后被逮捕，杀戮于南石头监狱、虎门集中营等地，受害者实以千百计。

蒋介石撕开了最后的伪装。

面对蒋介石的公开叛变，武汉国民党中央执行委员会宣布开除蒋介石党籍，武汉国民政府宣布罢免蒋介石一切职务。中共中央发表《为蒋介石屠杀民众宣言》，武汉迅速成立了反蒋委员会，蒋先云担任了主席，以此表明自己与蒋介石彻底决裂的心迹。

15日，武汉召开30万人声讨蒋介石大会，蒋先云作为大会主席团成员主持大会，在会上发表了慷慨激昂的讨蒋演说：“蒋介石是昔日的校长，今日的校贼，我们的反蒋运动，不仅是反对蒋介石一个人的运动，而是代表一切革命势力同一切反革命势力的政治斗争。蒋介石已不是我们国民革命军的总司令，蒋介石是流氓地痞、土豪劣绅、贪官污吏、卖国军阀所有一切反动派的总代表。他的总司令部就是反革命的大本营，就是屠杀民众的大屠场。”他还说“我与蒋介石没有个人恩怨，我是谁反对革命，我就反对谁……”

昔日黄埔第一杰，蒋介石的得意门生，亲自在30万人的讨蒋大会上发表讨蒋演说，这无疑如平地响起一声惊雷。

几天后，在武汉的国共两党召开联席会议，决定继续北伐，并准备任命蒋先云为第一纵队第二十六师七十七团党代表兼团长。

然而,对此任命也引起了一场风波。

虽然有前几天的讨蒋的忠肝烈胆,但在中共高层领导中,仍有表现出对他的不信任。从一些零星的历史资料来看,中共中央代表、时任湖北省委书记的张国焘就流露出这种不信任。这当然与一些政治问题上的不同见解有关。

几年前,张国焘对共产国际代表马林要求中共党员全部加入国民党,就一直持反对态度,对要共产党以国民党的名义开展一切工作的提议,更为不满。因此还与马林之间爆发过一场激烈争论,惹恼了共产国际代表,张国焘也因此没有当选为党的“三大”中央委员。而在黄埔军校,所有共产党员都必须加入国民党。正是如此,他对进过黄埔的中共学生,总有一种历史的成见。何况,蒋先云作为蒋介石的秘书,一度对蒋忠诚,并为蒋所宠爱,谁能断定他对共产党就不会有二心?

“蒋先云如果当了七十七团的团长,有谁能保证他不会拖走部队去投靠蒋介石?”固执的张国焘就在会上公开讲过这样的话。

而作为曾在安源从事工运的战友,毛泽东、刘少奇对蒋先云是了解、信任的。他们以与蒋先云共事的经历,来证明他对党的忠诚。“这样的人不用,要用谁?”刘少奇也将他与蒋先云在安源时的合作,和在广州一起组织省港大罢工的经历来说服张国焘。张国焘听不进去。据说为此毛泽东还发了火,甚至拍了桌子。

张国焘让步了,但还是派人对蒋先云进行了政治审查,最后才同意他担任团长。

几十年后,张国焘在他的《我的回忆》中也这样写:“剧烈的斗争火花使蒋先云同志陷于苦恼的境地,他南昌回到武汉以后,总是表现得有些怅惘若失。他要求实地作战,决心以鲜血来贡献于革命。不久,他被任命为第四军团长。后来在河南与奉军的激烈战斗中,奋勇冲杀,对那次战役的胜利,有过不可磨灭的贡献。可是,他自己就是在那次火线上,怀着怅惘的心情阵亡了……”

他是“怀着怅惘的心情阵亡”的！是谁制造了他的“怅惘”？

六

最终，担任七十七团团长的蒋先云一身戎装，开赴前线。他表情坚毅，一副视死如归的样子。他要奔赴河南与强大的奉军作战，以表明心迹。

郭沫若也为之感怀，在他出征前赋诗一首，为其壮行：

忠躯义胆即风雷，
谁道南方无武才？
武汉起兵诛作霖，
新田弟子最先来。

诗人所写的新田，正是蒋先云的家乡。

这是湖南新田县一个叫大坪塘的村子。这里风景秀丽，北边八面山，如天然屏障；左侧新青岭，酷似游龙；右侧虎形石头山，虎头虎脑；南面群峰错落参差，恰似一巨大的笔架。1902 年，蒋先云生在一个没落书香之家，父亲蒋继堃是清末秀才，蒋先云兄弟姐妹八人，他排行最小。只因家境贫穷，蒋先云靠亲朋好友帮忙，出钱出米，才勉强读上了村立国民小学。小学毕业后，母亲无力供他继续读高小。他决定跳级投考不收学费的湖南省立第三师范，终于靠他的聪明才智跨过高小被湖南三师破格录取。于是他走出了新田，走出了人生极重要的一步。

如今，这位新田弟子去了，为实现一个诺言，完成一个心愿。

这场战事打得实在惨烈！是役，国民革命军仅 2 个师兵力，而奉军有 7 个多师，并动用了坦克、大炮甚至毒气，少帅张学良撤换军长 1 人、杀掉旅长 1 人、团长 3 人，最终还是溃败。战后，《向导》报文章称赞蒋先云“临阵负伤，三仆三起，仍追敌不稍退，这是何等的勇将！”据同在阵地上的黄伟斌说：他打了不少胜仗,理应知道“掩蔽身体,发扬火力”的作战原则,但他却骑着白马飞入炮火前线带头冲锋,要吸引敌军炮火射向自己。其实他是为个人名誉而“轻生”。纵然是血染沙场,也要换得一身清白!

可惜这颗黄埔最耀眼的明星还未成为真正的将星,就如同流星划过夜空,凄美地陨落临颍城下,年仅25岁。

蒋先云牺牲后,遗体由其兄蒋麓山和侄儿蒋方正运回家乡,葬于家族墓地。墓位于大坪塘乡大坪塘村境内,高1.5米,长4米,坐东朝西。1946年,同姓亲族为其立下石碑。

魂兮归乡……

倾听白马的嘶鸣

一

白马还在那里嘶鸣,如风吹起,如雷响起,似在松树之侧,在山石之背,犹在哭泣。马的嘶鸣掠过从山上流泻而至的漩急的水面,水便停止了流动;那嘶鸣在山谷里震颤,所有的云雾都全化成了挽幛。

骑白马的人倒在一个他从没有来过的地方。这是属罗霄山脉的一个豁口,一个叫山口岩的地方,山上的所有的水汇聚起来流经这里,这是一座山的必经之地,充满着神奇,也布满着美丽。他本不应该在这里迎接生命的终点,这里不是他的家乡。他怀着一颗不甘的心而去,生命还有许多事情要做,远方还有他牵挂的亲人。不久前他还在给家中写信:"我不是不怀念家庭,其实我也想念父母及兄嫂侄儿等……在梦中我曾发呓语,呼喊权一(他的大侄子)、少南(他的小侄子)。醒来时同志们笑我说,参谋长还在思乡呢!"一字一句皆自内心。可是命运还是把他引到了远隔千里的一个陌生之地,作为一个拼杀疆场的战士,他是没有选择的。

这是一个刚刚在枪声中缓缓倒下的人:卢德铭,字邦鼎,22 岁。

嘶鸣的白马声音带着悲壮,也有些凄凉。马有灵性,似乎有种魅力。这时就有人仿佛看见,骑手从血泊的地上缓缓站起,衣襟上的血便化成了无数面旗帜,伴拥着他跃上马鞍,白马就竖起了鬃毛,扬起了蹄子,飞也似的奔跑起来。然后化入了云雾之间……

他是去到了他的家乡了。他的家乡在四川宜宾一个叫双石乡狮子湾的地方,他的父亲母亲、侄儿,还有他的未婚妻瑞勤都在那里等他。

这时,村子里有娃子在唱着童谣:

城门城门几丈高

三十六丈高

骑白马

带把刀

走进城门滑一跤……

父亲的心里"咯噔"一下,望望远方,总觉得有什么大事要发生。

二

他本不是属于这支队伍的。他应该属于周恩来、朱德的那支队伍。

卢德铭这些日子在刀尖上行走,如履薄冰。"四一二"反革命政变后,他愤怒的血燃烧了起来。这时,他是武汉国民政府警卫团的团长,这是一支由共产党掌控的队伍。他率领这支队伍于1927年的8月2日试图奔南昌而去,参加在那里举行的武装起义。也许冥冥中有什么预感,在这之前他给家里写了一封家书,这是他生命中最后一封家书:"现因时局转变,为了不连累家庭,今后我暂时不寄家书,你们也不要来信……我没有钱寄回来。家中如果没有钱用,可将杨家堬的十几石租卖了……"22岁的年纪,竟是如此细心地安排着家事,家书是平实的语句,从中却潜藏着悲壮。令人不禁想起"壮士一去兮不复返"的诗句。

他是个重情义的人。也不知在昏暗的孤灯下他写下这家书时,眼睛里是否饱含着泪水。自进入黄埔军校后,他的家书就如雪片一样飞到亲人身边,一个有责任感、又能担当大义的男儿跃然纸上。

信发出了,他率领部队出发了。

之前,他收到了两封电报,一封为周逸群发来,召唤速往南昌参加起义;另一封是军阀张发奎发来,命令星夜出发赶到九江待命。他选择了前者,同时利用张发奎的调令将部队带走。率领警卫团2000余官兵乘船东下,前往南昌参加由周恩来、叶挺、朱德等领导的起义。只是阴差阳错,因九江敌人布防,改在湖北阳新县黄颡口登陆,沿武宁、靖安向南昌进发。当部队到达南昌附近的奉新县时,得知起义部队已南下,未赶上南昌起义。再加上张发奎部队正在前面堵截,警卫团与南昌起义部队联系中断,只好转移到江西的修水与平江、浏阳的农军会合,参加毛泽东在湘赣边界领导的秋收起义,并担任起义的总指挥。他是经历过几次战场的人,已数度从枪林弹雨中穿过,他的到来,无疑让起义军中增加了一支劲旅。

身为前敌委员会书记的毛泽东其兴奋之情溢于言表,他提议由卢德铭为即将开拔的起义队伍授旗。这是一面绣着镰刀锤头、写着"中国工农红军第一军第一师"几个黑字的红色军旗,秋日里映红了战士的脸,也映红了他的脸。

他率起义部队一团从修水西门出发,10日攻下朱溪厂,越过修水、平江边界,打下了平江的龙门厂……一路过关斩将。只是,危及他生命的魔鬼却是越来越近。夜色大浓重,敌人也强大了,起义军在攻下浏阳后,就开始感到力不从心,随时可以被反动势力吞没。为了保存实力,毛泽东决定暂时放弃攻打长沙,部队退居到浏阳文家市。就在文家市学校的那个夜晚,一场进攻还是退却的争论在这里展开,卢德铭投了毛泽东一票。主张完全放弃攻打长沙的计划,向萍乡退却,沿罗霄山脉向南转移。

在许多年后的今天,史学家们依然为卢德铭这关键的一票给予了高度的评价。因为，这次具有历史意义的转移救了一支后来决定中国命运的队伍。

而不幸却留给了卢德铭，在部队转移的路上完成了他生命的悲壮。

部队往萍乡进发，途经桐木、小枧，22日到达萍乡芦溪更田村宿营。想不到，第二天拂晓部队刚从宿营地出发，江西军阀朱培德的部队和江西第四保安团便追了上来，部队行进在离开芦溪15里的山口岩时，后卫第三团又遭到敌军数路夹击。敌人已经有计划将这支队伍剿杀在这个山口中。当枪声传到卢德铭耳中，后卫部队已折损数百。他感到问题严重，如此下去，这个叫山口岩的地方将成起义全军覆没之地。这时已不容多想，卢德铭策马拔枪，一声大喊，带上一个连从前队折回，抢占高地，阻击敌人。

历史也许会这样发问：为什么由一个起义军的总指挥率兵去阻止敌人？他可是调动千军万马的将军，是部队的主心骨！但他去了，去得如此果敢。也许，他坚信还有一个人能够带好这支队伍。他保住了一个人，就是毛泽东，保住了一支队伍，成为后来终成大气候的中央红军。

或许正是如此，当一颗子弹击中他的右胸，他从马上落下，带着血丝的双眼依然是沉静的。命运将他从白昼瞬间送入了黑夜，他却把一支队伍从黑夜送进了白昼。他最终合上两眼的时候，是他知道队伍已经突围入山的时候。

只是总有一个苍凉的、带着湖南湘潭口音的呼喊在山谷里回荡："还我卢德铭……"

三

他的血还在那个叫山口岩的地方汩汩流淌，红得发亮，像在燃烧。

骑白马的人想起了三年前的那个初春。19岁的他急匆匆从成都公学赶回家乡，他要向父亲表达一个心愿。他说，他要去报考黄埔军校。

想不到父亲用严峻的、不可理喻的眼光看着他，那眼光似乎要穿透他的心。

父亲有些激动，甚至有些恼怒：当兵？自古来当兵有几个有好下场？马革裹尸，浴血疆场，当兵不就是流血送命？

父亲卢安炳是当地“有道生”盐号的掌柜，为人正直，也通晓些书理。安炳夫妇生下儿女7人，卢德铭排行最小。父亲自有他对儿子的精心规划：家里不愁钱，他交得起学费。正是这样，卢德铭幼年进了私塾，14岁入白花高等小学读书，16岁考入四川的著名学府成都公学。父亲只望儿子能好生读书奔前程，光宗耀祖，就是回家做个教书先生也行，而绝不是读了书去送死！（想不到这番话竟成谶语）

儿子是执着的——也许正是读书才让他如此执着。他所读的成都公学，是一所十分开明的学校，新的思潮开始涌入他的脑中。他的心里开始装入了许多父辈从来也不曾知道的东西。他读《新青年》、读《洪水》、读《马克思传》，如饥似渴。他学会了思考，叛逆也随之疯长。面对眼前被列强瓜分、被军阀割据的国土，他发现，持枪的邪恶只能用持枪的正义来抵抗，他确立的人生轨迹已经与父亲背道而驰。

19岁是个充满憧憬的年龄。一个消息终于让他夜不能寐：在广州，有一所由孙中山先生创办的专门培养军官的学校，叫作黄埔军校，第二期正在招生。得知这个消息后，卢德铭一股热血直冲头顶，他决定报考，但去报考之前必须先向父母亲表达意愿，并征得他们的同意。

父亲的态度让卢德铭感到为难，他于是找来了父亲的至交好友李铭忠先生，请他来劝导父亲。好在，救国是个容易打动人心的命题。父亲最后被儿子的执着所折服，他答应了儿子的要求。李铭忠也为这个19岁的后生所感动，他要卢德铭专程来到住在宜宾漆树乡，找到了老同盟会员、曾任孙中山机要秘书的李筱亭，请他给孙中山写了一封举荐信。

就这样，儿子离开了故乡，从四川辗转数月来到广州。虽一路风尘仆仆,却还是错过了招生考期,学校将他挡在了门外。好在,李筱亭的亲笔信函让卢德铭的愿望峰回路转。孙中山当面考试了这位迟到的考生,并为他开了方便之门。卢德铭于是被破例补录黄埔军校,编入第二期辎重兵队。

也许,卢德铭死后,父亲会有一千次、一万次的后悔。如果他坚持自己的意见,儿子也就不会进入到这所军校,也就不会让儿子天天在刀尖上过日子,也不会让做父母的天天担惊受怕。读书一年,征战两年,只是留下一个让人伤悲的魄,白发人送黑发人。可这一切都是儿子的宿命,也许老天就是为此而生他,为一次壮烈的死而生他的。人世间从生到死,从死到生,只是一个循环。就如同火焰一样,从燃烧到熄灭,只是一个过程。山间有陨星飘然而过,短暂的光依然如此灿烂。

而卢德铭却从来没有后悔过自己的选择。在笔杆子和枪杆子之间,他选择了枪杆子;在共产党和国民党两党之间,他选择了共产党。一个富家子弟以拯救劳苦大众作为终生的奋斗目标,这种选择犹如完成了一次精神的超越。

他像一个渴望炮火的人。枪炮声令他疯狂,升腾的硝烟令他激昂。一年多的日子里,他参加过讨伐军阀陈炯明的东征。1925 年 11 月调任国民革命军第四军叶挺独立团连长后,北伐战争中参加了汀泗桥、贺胜桥和攻克武昌等战役,屡建战功,后升任第一营营长、第七十三团参谋长、第四集团军第二方面军总指挥部警卫团(即武汉国民政府警卫团)团长……

生命在枪林弹雨中穿行,战争的残酷愈加证明着生命真实的存在。北伐让他亲身经历了一次次壮烈。参加汀泗桥战役后,他无不激动地在家书中写道:"……这场战役歼灭很多敌人,但是我们的伤亡也不少。我们的营长曹渊同志也在这次战役中牺牲了。当他受了重伤时,我去扶着他,他向我说,德铭同志,我已无救了,请你不要管我。为了革命,你带着同志们冲啊……"

这些现存于卢德铭烈士陵园的信,八十多年过去,如今读来,一字一句仍能把你的心感染得热血澎湃。

四

卢德铭牺牲后半个世纪,家乡的亲人对他的命运结局也还是一无所知。

自从他寄出最后一封家书,从此便杳无音讯。他已经战死了,已不在人世了……这是亲人们的结论。如果还活着,他一定会回来的,可是他一直没有回来。生不见人,死不见尸。望眼欲穿,留下的只有绝望。母亲在世时,总会在儿子五月初七生日这天摆上祭品,点燃三炷香火、一对蜡烛,面朝苍天呼唤着儿子的名字。

她还会时时拿出儿子写的那封信看,信上写到了他的未过门的妻子:"如果瑞勤真要等我,则我对她有几点要求:一要读书;二要革命;三不要缠脚……"

瑞勤没有缠脚,未过门的儿媳一直还在等着他。

而在通往大安山山区的山口岩,曾经有一个老人常会娓娓讲述着他亲历的、似乎永远也说不完的故事。

这是一位普通的山民,名叫周仁榜。一个近乎传奇的往事跟随他几十年,成为一个憨厚农民生命中唯一值得骄傲的事。他不知道那年头为什么在他的家门口会响起乱枪,也说不清谁跟谁打起了仗。只看见一个骑白马的军官带兵在这里抵抗,一阵枪响后就再也没有看见这个骑白马的人。只是后来才发现,这个军官已经血肉模糊地躺倒在他家后门口的杂屋边,他试着用手背贴近鼻孔,才知道已经没有了气。

周仁榜是个老实巴交的农民,他觉得他一生做得最值的事,就是偷偷掩埋了这个军官的遗体。他认定这个死去的年轻人绝非坏人,从他的脸上透着"善"。他冒险把这个军官掩埋在了后山的茶树林里。很多年以来,他也不知道这个人是谁。只是后来听人说,毛主席领导的秋收起义部队在这里打过一次仗，那一仗牺牲了一个总指挥。人们还告诉他：如果这个人不死，必是朱德那样的大元帅。

听到这些，他心头一热：他亲手掩埋的骑白马的军官，会不会就是这个人？

再后来，有人拿来了卢德铭仅存的一张照片，用审视的眼光问他，要他认。他一眼就认了出来了，粗黑而短的双眉，挺拔的鼻梁宽阔的嘴，就是他！这是他做梦都会想起的那张脸，是几十年来深深刻在他心上的那张脸。

来人说，如果你认定了，那掩埋的就是秋收起义总指挥卢德铭。

这个发现，让一个普通农民从此有了一道值得炫耀的光环。天地之间，黄土一抔。当初他亲手掩埋的竟然是一个共产党的大英雄，共和国早早陨落的将星。

20 世纪 80 年代初，在卢德铭的殉难处，当地政府已经建起了卢德铭烈士陵园。此后，各级政府又相继投入 1800 余万元进行改扩建。中国人民解放军总参谋长杨得志亲自题写“卢德铭烈士纪念碑”碑名；雕塑家还为他塑造了一尊威武的雕像。虽然没有卢德铭那匹威猛的战马。但我仍能依稀听见雕像一侧马的啸啸嘶鸣，像是要纪念一段已经结束的遥远的故事。

“保镖”轶事

一

想必此刻他正走在一片黑乎乎的土地上，脚步踉跄得似乎有点滑稽，这或许是酒的作用。但看他的表情，却是如此肃然，如同一尊武士的神像，只是身上没有刀剑。南方9月的太阳是炙人的，火一般的光泼在这座名叫安源煤矿的土地上，将洒满煤灰的路烤得发烫，仿佛要燃烧起来。

不远的地方是洗煤台，再过去，是洋炉炼焦处，这是他做工的地方。走进炼焦处的大门，他看见了洋炉炉膛里发出的灼人的火光。煤真是好东西，它燃起的烈焰可以把人的脸映得通红，那火焰就像的无数任意伸展的舌头，可以直舔到你的心窝子里去，十分燎人，也十分动人。他也许不想知道，怎么在地底下埋藏了亿万年的黑黝黝的东西，怎么被汉子们挖出来就可以变成灼人的火。而火竟有如此大的威力，可用它推动火车这个庞然大物。自从盛宣怀在安源用机械开矿，运煤的火车就在这里一直喷着热气。

他不去想，也想不明白。反正，这就是生来可以发亮发光发力的东西，就像是山上的柴，田里的秆，至于为什么能够燃烧，他不想去琢磨这些。

他没有念过书，15岁就到了安源做事，担脚炭，那时这座煤矿才开了十多年，在湖南湖北名声很大，周围几个省的人都来这里做工赚钱。他本是湖南醴陵姚家坝人，是个穷得叮当响的乡下人，他跟着几个老乡来到安源谋生。不料刚来不久，就被工头无端打了一顿，打得他皮开肉绽。这一顿打，打出了他的仇恨。他于是一咬牙拜师学起了武功："等老子学了功夫，看谁还敢欺负老子！"先是学南北少林拳法，后又学武当拳术，一连拜了三四个师父，每天挥刀弄棒，搅得灰土飞扬，昏天黑地，十八般武艺，都学了个遍。而最为精到的，是他的武当拳。在武当山流传着一首《武当拳歌》："太极真传出武当，功夫全在辨柔刚。若能悟得真妙理，强国强民亦自强。"他也是会哼唱的。

他一身功夫回到矿上，首先就找了那个欺他的工头，只是动了一个手头，就让他趴倒在地上，啃了一嘴巴的炭灰。从此，袁品高这个名字，就在矿上响了起来。过去他怕工头，现在工头见他怕。

二

这是1922年的一个酷暑大热天。

这时的他一屁股坐在炼焦炉前的一块大坑木上，痴痴看着炉子里的火在"呼呼"地窜。他有些走神。最近，脑子里总会装进去了一些从没装过的东西，让他忍不住去想，想得太阳穴发胀发痛。有两个人的影子老是钻到他的脑壳里，让他这个平日里天不怕地不怕的汉子也生出一些敬意。

前些日子，他鬼使神差地走进了一间屋子。这是位于牛角坡的一座旧房子，是屋外门前一块写着"工人补习学校"的牌子吸引住了他。听说这个学校白天让矿工子弟读书，晚上让工人上课。矿工们不交钱就可以读书。他想这可是破天荒奇事，哪有读书不要钱的呢？他还听说学校的教书匠和他一样也是湖南醴陵人，名叫李隆郅，是个刚刚从法国留洋回来的读书人

（很多年后他才知道，他就是做了党的领袖人物的李立三）。

他并不想读书，他看着书就脑壳痛。何况，他的祖父曾经就是个教书匠，常把学生们打得“哇哇”叫。他不想读，也不是怕挨打，他练得一身武功，他不怕谁打，他一人可敌十拳。可他对教书的没有好印象。他来到这里是想去看看热闹，他不相信不交钱就可以进学堂。他朝教室门内探了探头，正拿着书本讲课的李先生就招了招手，他就不由自主走了进去了，并坐在了凳子上。不料，这一坐就改变了他的一生。

那时候是没有什么本子的，工人学生们只是用粉笔在石板上写字。当他用沾着煤灰的手在石板上写下“工人”二字时，李先生说：“工人二字，加在一起，就是一个‘天’字，你们做工的不必小看了自己，你们才是天下的主人呢！”这些话，袁品高听了很舒服。后来，李先生又讲到了几个外国人，什么马克思呀，列宁呀，一开始他只觉得好笑：“这些洋人关我们什么鸟事？”可接着听下去，又似乎听出了味道。后来的日子，他就忍不住想去听了。这座屋子好像有种魔力粘住了他，教书先生在教认字时，好像总在暗示着什么。让他开始懂得了一个道理：人的命要在自己手上握着。

不久矿上又来了一个人，一个瘦高个子的书生，也是湖南人，名叫刘少奇，一口的湘音听上去就倍感亲切。这天，书生来到洋炉炼焦处，问他：“你一个人能拢得十个人不？”他回答得也干脆利落：“冒得问题罗，还多都可以！”

于是他当上了洋炉炼焦处的工人总代表，眼珠子里开始放出异样的光。

黑压压的土地上悄悄发生了变化。正好又值三伏热天，矿上更有一种热烘烘的味道。他发现，这些书生们办的夜校，就好比烘干了一根根的湿柴，而后来成立的路矿工人俱乐部就好比把烘干的柴收拢来，这时只要有人来一点火星，就会“轰”地燃起冲天大火。

不久，矿上果然闹起了工潮，这就是后来震动了南北的安源路矿工人大罢工。17000多工人，说不上班就不上班，不下井就不下井。一条横幅在黑乌乌的土地上亮了出来,“从前是牛马,现在要做人”,白布墨字,让人看了就有一股热血直往头顶上冲。

他思忖着这些读书人真不简单,不显山不露水,一呼百应,山摇地动。越发对这些书生敬重起来:自己拳打脚踢的十几年,也弄不出个大动静。

三

或许是命中注定,几天后,有一事让他“光彩”了一辈子。

俱乐部主任李隆郅派人来找他,要他作为工人代表的刘少奇的随从去矿局公事房,和资本家谈判,说是随从,其实就是保护刘代表的警卫,可他更喜欢用“保镖”这个称呼。

跟资方谈判,其实就是跟戒严司令谈判。工潮一起,路矿当局生怕工人闹事毁了矿山,急请了赣西镇守使署派兵护矿。9 月 14 日的午后 1 时,镇守使署的军队就来到了安源,宣布将安源划为特别戒严区,设戒严司令部于矿局公事房,由赣军旅长李鸿程任戒严司令,情形很是紧张。但军队始终没敢乱动,是因为有人从中斡旋,希望不要动武,以免闹出大的乱子。

戒严司令李鸿程就在公事房里等着。袁品高当然不怕,他有功夫在身上藏着,不练练还手脚发痒呢,这时的袁品高其实是满脑子的荣耀感。他虽不懂什么历史,但他听别人说过,古代皇帝出行时,刀呀枪呀什么都不带,就带侍卫。努尔哈赤起兵之初,每临战斗总是亲自上阵厮杀,而这时身边的侍卫就会挺身而前,拼死护主。还有唐朝给李世民当保镖的“少林十三棍僧”,皇上就十分看重,为和尚树碑立传,还为少林武僧开戒。他甚至知道打倒皇帝的孙中山也有保镖,比如“南北大侠”杜心武,咏春门的大侠林伯长,还有“姐妹女侠”尹锐志和尹维俊更是武界知名……

他同刘代表将要走进的矿局公事房,是一座红墙的两层楼房,虽说只有两层,可对矿上的工人们来说,如同一座令人敬畏的大山,过身看一眼都有些胆寒。何况如今有荷枪实弹的士兵守着,齐扎扎排列在大楼上下,更让人发怵。他在矿上做了这么多年事,也从来没有踏上这楼台阶一步。可如今,他要跟着刘代表上去了。他把步子迈得“咚咚”响,一副气宇轩昂的样子。夜校先生不是说“工人”两个字叠起来就是一个“天”字么?眼前还有比“天”更大的东西?

这一去,于是他成了安源大罢工中这桩大事的亲历者。

罢工谈判后来演绎成了一个流传很广的英雄故事。“少奇同志一身是胆”的赞誉迅速传播开来。因为,当戒严司令用威逼的口气喝令刘少奇要他叫工人复工时,刚满24岁的青年刘少奇并没有示弱。他显得从容不迫,说:“路矿两局如不答应条件,就是把我剁成肉酱也无济于事!”话语间一副凛然之气。这话,在现场的袁品高当然亲耳听到,并事后从他的嘴传播了出去。

从此,他开始更敬佩这个读书人。

不久,李隆郅离开安源,刘少奇接任了路矿工人俱乐部主任。他更是不离刘少奇的左右。后来,他加入了社会主义青年团,第二年又经刘少奇介绍入了党。其实,那时候的袁品高对共产党并没有半点认识。记得入党那天,他同九个工人一起在小洗煤台宣誓,第一次看见挂在墙上的红色党旗,瞟见旗子上画着的图案,他扭头就要走。旁人拉住他问他怎么回事。他气冲冲指着旗子说:“上面画着‘十字架’,这组织也是传基督教的,我不想参加了!”旁人一笑,指着旗子给他解释:“这是镰刀、斧头,镰刀代表农民,斧头代表工人。”可他还是不信,走近去借着微弱的灯光仔细一看,这才发现旗子上的图案确实不是“十字架”。

就这样,他一跟跟了刘少奇两年多。他亲眼看到刘少奇怎样组织、建起了新的俱乐部大楼;亲历了“二七惨案”后刘少奇如何运用策略,使安源红旗不倒,成为中国工运低潮时的“小莫斯科”;也亲历了刘少奇如何巧妙地与资本家周旋,为工人争利益……

一直到刘少奇离开安源去上海工作,他才暂时结束了他的“保镖”生涯。

不久，他被党组织派到广东农民运动讲习所学习。在此期间，他曾再一次作为警卫人员陪同毛泽东、刘少奇和萧楚女去过陆海丰，考察农民运动，之后又作为特派员被派往湖南搞农运。从此各奔东西，几十年里没有见到过刘少奇。

新中国成立后，当他知道与曾自己朝夕相处的俱乐部刘主任成了国家主席时，一种自豪和自得油然而生：

“晓不晓得，我做过刘主席的保镖！”一有机会他就忍不住想说。当然，只要此话一出，无人不刮目相看，肃然起敬。

四

后来的日子，荣耀总是像光环一样环绕着他。他当上了萍乡矿务局工会副主席、安源路矿工人俱乐部主任，还成了江西省政协委员。尽管如此，他还是“上身穿黑棉衣，下身穿青布棉裤，还用带子扎了裤脚，衣服是旧的，戴个棉帽，留着光头”，一副安源老工人的本色。与众不同的是，他喜欢拄着一副木质的“手杖”，又叫“文明棍”。并非他的腿有什么毛病，只是觉得拄着它让人看上去更精神些。他那时可是红人，到处有人邀请他去讲安源革命史，俨然一个从历史风云里走出来的见证人。

“我是袁品高，湖南醴陵姚家坝人，刘主席在安源闹革命，我是他的保镖……”每次作报告，他总是以这样的自我介绍作为开场白，满口地道的湖南醴陵口音。

突然有一天，他受到了国家主席刘少奇的接见。

这是1964年5月间，是他一生都难忘的日子。他被选派去北京参加全国民兵代表大会。会议期间，他接到刘少奇办公室的通知：刘主席请他到中南海福禄居家里做客。

中南海，这地方早就如雷贯耳。领袖做事的地方，一个百姓也去得？但他觉得他有资格去,他做过刘主席两年的“保镖”。

在这之前,他曾叫醴陵老家的一个读书人代写过一封信给刘主席,并恭恭敬敬地贴上邮票,小心地投进了草绿色邮筒,寄往了国务院。他想,刘主席肯定是收到了,不然怎么会记起他,还叫他去家里。

他去了,他是和当时市总工会主席赵凯一起去的。

他这才知道,中南海并不是一个海,而是两个湖泊。一个叫中海,一个叫南海。刘少奇居住的福禄居,就坐落在南海西侧,怀仁堂的后面。他跟着警卫人员走了一所有着两进小院的老式庭院,都是平房。从大门进去,转个弯就进了前院。南房也是一排平房,那是刘少奇的办公室和卧室。西厢一间较大的房子,是会议室兼会客室。听说,平时由刘少奇召集的小型会议,都在这里举行。

他忐忑不安走进了这个对他来说有些神秘的住地,走进了会客室,然后小心翼翼地坐在软软的大沙发上。

我曾经看到过这张面谈的珍贵照片:作为国家主席的刘少奇一脸慈祥,夫人王光美则谦逊地端坐在一旁,而紧挨着刘少奇坐着的袁品高显露出一脸的激动,右边沙发扶手上就斜搁着他的那根拐杖。近在他咫尺的是一个国家的主席,他一个普通的老工人,就并坐在他的旁边。“新社会真是好,‘皇帝’和‘百姓’可以并排坐着讲事。”后来,回忆起这段经历他总是这样说。

几十年前在安源的事情,也就如云一般再次飘到了两个人的脑子里。讲罢工、讲俱乐部,自然讲起了俱乐部前的两棵梧桐树。“你栽的两棵梧桐树现在长得又高又大,蛮茂盛罗!”袁品高对刘少奇说。在袁品高的印象中,这两棵梧桐树就是刘少奇亲手种下的,不会是别人。

也许刘少奇并没有听清楚他说的意思,也许几十年前的事也记不得那么真切,刘少奇并没有否定。

“哦? 这两棵梧桐树还在呀!”刘少奇显得有点意外地应了这一句话。

袁品高的心里就是这样推断:刘主席没有说不是他种的,就肯定是他种的!

袁品高离开北京回到安源,带回了两样东西:一是离开福禄居时,他请刘主席在自己的笔记本上题下的“坚持革命到底,为最后在全中国和全世界都实现共产主义而奋斗!”的一句话;二是带回了他的这个“推断”。他立即嘱咐纪念馆工作人员,在俱乐部旧址前的梧桐树下立一块木牌,上书“刘少奇同志当年在安源亲手栽种的梧桐树”。

五

冲天的火光,烧红了安源煤矿半边天。这是炙烤了袁品高许多年的一场灾难之火。这火烧得他心里一把一把的痛。而之前斧头砍伐梧桐树的挥舞,大树倒地的“轰隆”之声,都足以撕裂他的五脏六腑。这些日子他如同癫狂,好像是有人挖了他的祖坟。他实在想不明白,这世道怎么说变就变。

前些日子他还能对前来安源参观的人大讲刘少奇的“一身是胆”,可有一天突然来了群东北的红卫兵,要他这个老工人讲安源的历史。他讲了,当然还是讲刘少奇的故事。他讲得眉飞色舞,当然也忘不了表现出他做“保镖”的得意。谁想到说着说着就传来红卫兵的一声大喝:“住口,你这个刘少奇的吹鼓手!”随后就是一阵“打倒……”的口号声。袁品高一听懵了,心想讲了十几年的刘主席,怎么今天就不让讲了?脸一时涨得发紫,气得两眼一瞪,同样对着红卫兵一声大喝:“不讲刘主席?不讲刘主席我就冒得讲!”

他于是受到了运动的冲击。两棵梧桐树成了他“文化大革命”中“刘少奇忠实走狗”的佐证。从此戴高帽、挂黑牌、游街、挨批斗……成了他生活的主要内容。造反派们还将他押到梧桐树前,强迫他看这两棵梧桐树怎样被砍断,被焚烧……

这无疑是对他精神的最大摧残。刘少奇早已成为供在心里的“菩萨”,哪里容得他人玷污。他不懂什么政治斗争,只晓得刘少奇是个好人,也是个好官。袁品高脑子不会拐弯，他只有一根筋。他突然发力推开按着他双臂的人，发狂似的扑向正对梧桐树拉动大锯的汉子，一掌将他们打翻在地上。

可这时又有更多的人扑向了他，用麻绳将他捆了个结结实实……

随着运动的深入，他敬重的刘主席已是万劫不复。可他不甘心，别人要他批刘少奇，他不批，要他喊“打倒刘少奇”的口号，他不喊。“大丈夫以信义为重，不忠不信，何以立于天地之间。”他只信刘少奇。他还常唱起关汉卿元曲里的那句唱词：“我是个蒸不烂，煮不熟，捶不爆，响当当的一粒铜豌豆。”

虽然后来他也听别人说，这两棵梧桐树并非刘少奇亲手所种。可他不认账，他认定了是刘少奇所栽，他为梧桐树叫屈：这么好的两棵大树，说锯掉就锯掉了。

六

几年后，记得是1975年，十年动乱还没有结束，已患病多日的70多岁的袁品高最后闭上了他那双不甘的眼，带着诸多的疑问走向了生命的终点。听说病中他老说胡话，而人们些许听得一点清楚的还是那句老话：“刘主席，我不讲你就冒得讲啊……”

五年后的1980年，一个洒了些阳光的日子。有好心人来到袁的墓前，从衣兜里掏出火柴，点燃了一张登载着平反刘少奇冤案消息的报纸，意在告慰这个忠诚的“保镖”，为亡魂了却一桩缠绵多年的心事……

蹈火者

> 硝性至阴,硫性至阳,阴阳两神物相遇于无隙可容之中,其出也,人物膺之,魂散惊而魄齑粉。
>
> ——宋应星《天工开物·火药》

一

让我把时光推移到40多年前的1969年。

让画面定格在中国的北方,一个偏僻的乡村。这是一个位于河北张家口蔚县的一个他从来不曾听说过的村子。地处恒山、太行山、燕山三山交汇之处,属冀西北山间盆地。

一个用石头垒起的简易的猪圈,在寒风中瑟瑟发抖。

年关,正在下着大雪。北方的冬季实在难捱,零下二十度的气温,寒风凛冽让人骨头发僵。雪地,一个已经瘦得不成人样的人正在寒风里踉跄而行,地很滑,他双手极其吃力地提着一黑兮兮的、装满了猪食的木桶,向猪圈慢慢移动。有雪花飘在他的脸上、肩上。他是去喂猪的,这是他的工作。他必须每天凌晨四五点起床，先是挑水，然后支起大锅，接着烧火、拉风箱、煮猪食、喂猪，他的腿有些瘸，这是他几十年前受伤留下的，他只有一只手，也是几十年前被炸药炸掉的。可还是要冒着严寒去猪圈有段路的一个水塘打水熬猪食，而水塘已被冰冻，他必须刨开冰层才能取到水，有几次，他险些掉进冰窟窿里。

在那个年代，对于他这样从京城里来的人来说，这属于惩罚性的劳动。他是一个“戴罪”的人，一个似乎需要用痛苦和折磨来洗涤灵魂的人。

正当他双脚慢慢地向前移动的时候，不远处村庄里传来的一种久违的声音让他的神经猛然一紧，那声响如同急促的枪声，在空旷的雪地里振荡，顷刻间把他全身的血搅得沸腾。他两眼痴痴望着远方，脸顿时胀得发红，全身也在颤抖，手上提着的水桶“嗵”一声落在雪地上……

他双手握拳高高举起，对着飘扬着飞雪的天空大喊了一声：

“噢——噢——”

他当然知道，这是村子里的人在燃放鞭炮。可此时他听出来的分明是枪声。那久违的枪声在他的心头震颤，似乎很远很远，又仿佛很近很近，与他生命难以分割的尖啸的枪声，曾经，也永远是他生命中的圣曲。

枪伴随着他的生命，他生命中的精彩离不开枪和子弹。人们无法将眼前这个养猪的瘦骨伶仃的人和几十年前的英雄联系在一起。

他的名字叫吴运铎。一个出生于安源煤矿的普通工人的后代，一个为中国的抗日战争和解放战争制造过无数枪和子弹炮弹的人，新四军兵工事业的创建者和开拓者。他曾经被人称之为“枪神”。

鞭炮声已经停住，他的神情还沉浸在那个曾经的岁月。他站在雪地里，像一尊暂时凝固的雕塑。猪的“嗷嗷”声在他的不远，他全然没有听见。

无人能够理解他此时的心情，因为在这个地方，所有的人都不知道他的过去。

二

此刻，他嗅到从空气中随风飘来的一股极熟悉的味道，是硝和硫黄燃烧释放出的气味，这股弥漫着的气味让他倍感亲切。这股硝烟味随同一道道火光在他的心间升起，那是子弹出膛后在夜空中划出的光，那是炮弹落地爆炸后发出的奇异的光。他开始有些不安分起来，脸上竟露出一丝久已不曾有过的得意的笑。

他记忆中的火焰闪现在二十多年前的一个夜晚。一声巨大的裂响和让人顷刻陷入眩晕的火焰，是如此猝不及防地降临在他的面前。只是一秒钟，或者叫一瞬间，他便似乎远离了这个世界。于是，他在黑暗中穿行了半个月（这是他后来才知道的），直到他的眼前发现了一束光。他才走到了尽头。他醒来的时候才发现自己躺在病床上，这是新四军第二师中心医院。

这时，他才慢慢意识到，他的左手已经失去 4 个手指，左膝盖炸开了，露出了膝盖骨，左腿直淌血，脸上炸出了几个洞，左眼什么也看不见了……

那是个炮火连天的岁月，抗战已经进入相持阶段。

1941 年 7 月 18 日，日军万余人分四路合击淮南抗日根据地，试图消灭新四军主力。新四军浴血奋战，取得了反“扫荡”的胜利，淮南抗日根据地得以巩固。这个时候，吴运铎接到新四军军部的命令：为了使消耗的弹药得到及时补给，新四军军部决定派吴运铎等军工战士赶到淮南建立属于自己的兵工厂。

他日夜兼程，火速赶往淮南新四军第二师驻地。师领导给他的任务是创建一个年产 60 万发步枪子弹的兵工厂，由他任子弹厂厂长，并派给他 2 名钳工、1 名锻工、2 名车工和 2 名勤杂工，加上他自己，总共 8 个人。

高宝县的金沟区平安乡小朱庄，这里曾经有简易的修械所，是吴运铎和他战友的新战场。

这个从煤矿走出来的汉子,祖籍湖北汉阳,1917 年冬天出生在江南一个最大的煤矿矿区,这就是中国当时最大的联合企业汉冶萍公司的萍乡煤矿,因为坐落于安源,也称为安源煤矿。他从小做过挑煤工,捡过煤渣。13 岁就下煤窑。他的父亲是矿上的一名工人,也许正是工厂中空气压缩机巨大的飞轮让他认识到了机器的力量,从小对机械有种特别的兴趣,他喜欢在机器旁看工人师傅操作,后来在机电车间当了名学徒。

也许,正是这一职业决定了他一生的命运。

1937 年抗战爆发,第二年他和另外三名会钳工的工人,带着中共安源党支部的介绍信,不远千里辗转来到皖南参加了新四军,并分配到修械所。不久,他的名字就在抗日部队中传扬开来,因为,他利用自己掌握的机械技术,亲手为新四军造出了第一支步枪。

这是 1939 年,在皖南山谷的新四军建立的军械所里,部队领导用其所长要他制造步枪。这里没有钢,没有铁,也没有制造枪械必须有的发动机。但前线打鬼子需要枪啊!人说“无枪不成兵,无炮不成军”,没有枪炮还打什么鬼子?在这个军械所里,旋床是土造的,枪管的来复线是手工刻的。借农民的石磨,靠人力摇动磨盘就是发动机……吴运铎硬是用他的那双手,和工人们一起造出了新四军第一批步枪。

这件事竟惊动了一个外国记者。美国女记者史沫特莱(后写过《朱德传》的作者)慕名而来,参观了简陋的军械所,自然露出了惊讶的神色。她说她曾去过美洲、欧洲,去过许多国家的兵工厂,可从来没见过如此简陋的兵工厂竟也能造出枪来,真是不可想象!

正因为有了这个好的开端,新四军决定建立自己的子弹厂,谁来做这个厂长?时任新四军军工部副部长的韩振第一个想到的,就是吴运铎。

他是拄着拐杖,步行 800 里到达目的地小朱庄上任的。他的脚因为不久前被机器滑落下来的部件砸伤,伤得很重,左脚严重骨折。这是他第一次受重伤。他顾不得伤痛,就在这个偏僻的山村里,用几根木头,一堆稻草、几部过时的、破旧的机器，搭起了子弹厂的架子。

架子虽是搭起来了，可是造子弹可不是那么容易！一无材料，二无机器，三无技术。他这个子弹厂的厂长，曾几何时造过子弹？

他从没有造过子弹，但这也难不倒他，他有的是土办法。他小心翼翼地把弹头拔下来，仔细揣摩子弹的各部分构造，计算各种用料的重量，又用破铜烂铁做原料，用食用酒蒸馏成酒精，配以雄黄和洋硝……自造的子弹就这样慢慢成了形。

正当他准备风风火火大大干一场时，一个新任务落在他和战友们的肩上。

部队领导找到他，话说得心急火燎："部队弄来三门大炮，可没有炮弹顶个鸟用，运铎同志你快些造点炮弹，前线正等着打鬼子！"说罢指了指刚刚搬来了的从战场上缴获的一个没响的炮弹："照葫芦画瓢吧！"

子弹还没做起来，就要造炮弹！他接了任务。

他在解剖缴获炮弹的基础上设计、绘图、试制，并赶制了弹尾、尾管和引信，最后只剩下一件事难住了他：没有引爆的炸药——雷汞。当时的根据地里，两手空空，根本没有制造雷汞的原材料，更谈不上制造雷汞的设备。想来想去只有一个办法：从报废雷管中拆取雷汞做击发药。这可是一件"要命"的事。雷汞是一种高敏感度的炸药，轻微的挤压和碰撞都会产生爆炸。可他也管不了这么多了，他知道，死神的幽灵何时不与兵工相伴？

为预防发生意外，他将雷管用水浸泡了一个星期，按照他的经验，完全浸湿了的雷汞是不应该会爆炸的。在正式拆取雷汞的这天，他把自己一个人关在屋里，轻轻把那个脸盆放的信管拿过来，开始取里头的炸药，开始，他只是用钳子往外一点一点取，取出来一点他就用锤子砸一砸，看看会怎么样？会不会炸？试试没事，他也就有点放心大胆了，这才开始往里抠。可这一抠不要紧，刚一接触，"砰"的一声就炸了……

泡雷管的脸盆里的水顿时成了血水，手掌手臂被炸得血肉模糊。他感觉自己的血还在奔涌似地流着，流得发烫。他死命地摁住伤口，心想不能让血流过多而死去，他倒下去又试着爬起来，爬起来又倒下去。这时，他突然感到了生命终结日的来临……

当听见爆炸声的战友们来到屋里，他已经成了个血人。虽然医生将他从死亡线上救了回来，他却为此失去了左眼和四个手指。

这是他第二次受重伤。

他算是捡回一条命。可捡回了命为了啥？还不是为了造子弹，造枪炮！不然要了命有何用？他是这样想。养伤期间，他偶尔听到了从前线回来的伤员的讲述，伤员说，前线部队武器少得可怜，有战士还在用鸟枪作战。因为子弹奇缺，部队规定每个战士只配三发子弹。平时里为壮声势，战士们不得不用高粱秆把子弹袋撑起来；打完了仗还要把弹壳捡回来上缴以重新复装。听到这些，他哪里还歇得住、睡得着！不管医院同意不同意，他打了个招呼带着伤痛回到军械所……

第二年春天，由他自己设计制造的第一颗子弹终于诞生。不久，60 万发子弹被源源不断地送往前线。这时候的他才觉得自己就像一颗无比巨大的子弹，在旷野上飞旋，所向披靡的子弹让敌人闻风丧胆。

三

雪还在下着，他的思绪如同雪花在飘舞。他千方百计想把自己的思绪收回，他继续吃力地提着水桶往前。目的地并不很远，猪圈里有十几头猪在等待着他。他不能怠慢了这些日日相伴的猪们。在这个人生地不熟的偏僻小村，他几乎没有谁可以和他对话。他有很多心里话要说，也许只有他养的猪在张耳倾听。

英雄落难！他总会想起这四个字。

只是他从来没有把自己当英雄，“英雄”二字，那是别人送给他的。人们把他称为“中国的保尔·柯察金”，那是因为他先后四次身负重伤，失去了左眼，左手、右腿致残，经过20余次手术，全身留下伤口100多处，终生留有几十处弹片没有取出来。那是因为他九死一生仍在顽强工作。说是英雄，也不为过。

可如今他只是一个种菜、喂猪、看草料场的农人。他早已不是什么英雄。在当下这个时代，戴着红袖章，高呼着口号、敢于造反的才算是“英雄”。而他的名字已经从英雄的名册里被删去。尽管村里的赤脚医生看到他满身的伤痕，也会一次次感动得流泪。

他还是会想起过去自己的影子，那个以火焰为伍的战士。

他是个在火药中行走的人，是伴随着火药做梦的人。他制造的枪膛和子弹里，永远有火药在醒着。让火药的力量推动子弹！他知道，当火焰的喷射成为正义之剑时，并非要这个世界化为灰烬和尘土，而是要这个世界被火焰照得透亮，让魔鬼和邪恶无处藏身。他就像一个捕蛇者，可以与蛇共舞，也随时准备让蛇的毒汁渗入血液。

蹈火者！他要用这火焰变幻出一个他所期望的世界来。他越来越将这种靠火药发力的热兵器（我们又叫火器的东西），摆弄得出神入化。

这也许是天赋。一个普通得再普通不过的煤矿工人，一个连小学也没有念完的穷小子，他的天分却在这里展现。连他的战友都说：“这个人就是聪明，什么东西啊一看，他就能画出草图。”造枪造炮，只要他碰到过的武器，就可以变着法子“鼓捣”出来。

1943年春，兵工厂来了一个不速之客，他就是时任二师师长的罗炳辉。

“吴运铎同志，给你一个大任务！”罗师长开门见山。

“什么任务？”他问。

“给部队研造一种杀伤力更大的新式武器，仿造法国布朗德枪榴弹！”说完，留下一本旧杂志。

在这本旧杂志里，有一篇很不起眼的介绍枪榴弹的小文章，全文总共不到300个字。可他从字里行间得到一个重要的信息:世界上有一种小型炮弹,是可以利用步枪来发射,这就是枪榴弹。

他要亲手研制枪榴弹和榴弹枪!

他开始没日没夜在纸上画来画去,和兵工厂的技工们连续攻关。只用了半个月时间,一种新式的弹筒和枪榴弹,就捧在了吴运铎的手上。和助手们拿到靶场一试,命中率极高,射程可达240米。工人们欢呼,吴运绎却紧锁着眉头不满意。他说射程还太短。

射程不远,是因为阻力太大。他于是又重新设计,把厚柱形弹改成滴水型,以减小空气阻力。按照这个方法又制造了一种新的榴弹。再拿到靶场一试,好家伙!射程竟达到540米,比先前的试验多出了300米。

后来,部队在六县的桂子山打了一次大仗,吴运铎和他的战友们研制的枪榴弹在战斗中派上了用场,为战斗的胜利发挥了重要作用,打死鬼子200余人,立了大功。战斗结束后,二师五旅旅成钧高兴地找到吴运铎,说"你那枪榴弹厉害,顶得上一门小钢炮!"接着,从腰间掏出一把战场上缴获的手枪递给他:

"这枪喜不喜欢?喜欢?好,送你了!"

在后来的日子里,他又研制出了定时地雷、脚踏地雷和拉火雷,并大量地投入生产。可谁也不知道,他过去连地雷是什么样都没见过,就靠着看书后再试验,用迫击炮弹空壳灌满炸药,再拧上用电灯泡做的电雷管……就这样,他研制出各式各样的足以让鬼子魂飞魄散的地雷。

1944年,他又一次临危受命。

因为日寇在淮南津浦路四处修筑碉堡群,妄图分割包围抗日军。这时,只有步枪、手榴弹和三门大炮的新四军已感到难以抵挡。于是又请来了吴运铎。

他决定要造出一种专打砖石炮楼的平射炮。缺少钢材,他就用铁来代替,他很快就设计制造出来,在很短的时间里,36门平射炮就齐刷刷排列在部队阵地前。在攻占鸡岗的战斗中,36门平射炮一齐发射,碉堡即刻土崩瓦解。后来吴运铎又把炮的口径从36毫米增加到42毫米,射程达到4公里;完全在敌军的重机枪和掷弹筒射程外。

师长罗炳辉说:“吴运铎的发明创造比一百个洋博士强得多。”

1947年,他接上级命令,和吴屏州一起出发奔赴大连,选择甘井子海茂村原来一个日本人遗弃的胶合板厂的旧址,建立生产炮弹、弹壳的隐蔽工厂,起名叫裕华工厂。

想不到,不久后他又一次与死神相遇。

这天,他和大连炮弹厂厂长吴屏州,一起到海滩上试验刚刚仿照日本炮弹制造的新炮弹。搬上车的一共有8枚炮弹。头两颗炮弹都顺利爆炸,第三颗却半天没动静,他检查发现是信管出了问题。试到第七颗炮弹时,又不响了。“又是哑炮!”他起身要去检查炮弹,战士们拉都拉不住。吴屏州厂长也要跟去,他不让,并把吴厂长推回来。可不知什么时候还是跟去了。可到炮弹面前刚一蹲下,只听“砰”的一声巨响,炮弹爆炸了!把吴屏州一下被炸到很远,当场就牺牲了。吴运铎被蹦到20米开外的海滩上,从头到脚都是弹片划破的血口子。

被抬回来的他还有呼吸。战友们一看,身上挂着的那块怀表,已经被弹片击得粉碎,只剩下表的底壳。怀表正好挂在心脏部位。就这样昏睡了七天七夜,战友们都以为他再也不会醒来。可当到了第八天,战友们正在为他的命运担忧,暗暗流泪的时候,他睁开了他的那只仅存的右眼。

他又一次与死神擦肩而过……

如果用勇敢来赞扬一位英雄,总显得有些不得要领。在他自己撰写的自传“拆定时炸弹”一节中,却有这样一段心理独白:“如果我不拆,就得别的同志来拆,不是同样也会碰到危险吗?临阵脱逃,不仅是怯弱,而且卑鄙……”

经过他和他的战友们的努力,到1947年底,炮弹厂员工已经有2600多人,1948年竟达到了8000人。正是这个炮弹厂,为淮海战役输送了20万发炮弹。所以,后来有人说:“华东地区的解放,离不开山东的小推车,也离不开大连的大炮弹!”

四

寒雪中的吴运铎突然间感到呼吸急促起来。胸前就像压着一块巨大的石头,他觉得有些喘不过气来。他知道,这是他的毛病又犯了。自从他被“放逐”在北方这个冰冷荒芜之地,年老体弱的他终于经受不住北方寒冷的冬天,他染上了哮喘病(此后这个病一直折磨着他,直到生命的终结)。

他知道,他必须要服止喘药了。于是赶紧将猪食倒进猪槽,然后回到自己住的“牛棚”。用了药,然后躺在炕上。在他的床边的桌子上,放着一堆已经泛黄的书。在被“放逐”的日子里,他除了拼命地劳动就是拼命地读书,以填补那漫长的、让人窒息的日子。他读完了《毛泽东选集》《鲁迅全集》,甚至还学完了《高等数学》,那时,他只能读到这些书,成为他唯一的精神食粮……

在这些书的中间,还有一本薄薄的、细心珍藏的书。这是一本看来很不起眼的书。是一本自传体小说,竖排,繁体字,书角有了些微的卷曲,纸张也已泛黄。这书他每天都要翻翻,摸摸,似乎从中能获得一些心灵的慰藉。原来书的作者就是他自己,是他在50年代用那只仅存的、曾经创造奇迹的手一笔一画写下的,这是一部用忠诚写就的书,书名叫《把一切献给党》。曾以几百万册的发行数量在五六十年代风靡一时,被译成七种文字,在国外广为流传,成为新中国整整一代人的记忆。

那个时候的他,美名随着共和国的成立迅速传扬开来。

1949年冬,党组织送他到苏联去治疗。在这里,他见到了小说《钢铁是怎样炼成的》作者奥斯特洛夫斯基的夫人。她听到了关于他的故事,就像是看到了丈夫书中创造的那个活生生的英雄,特地到医院看望他。他还应邀参加了苏联1950年五一劳动节红场观礼，参观了奥斯特洛夫斯基博物馆（后来这个博物馆还专门开设了“中国的保尔——吴运铎”展厅）。1951年10月，中央人民政府政务院和全国总工会授予吴运铎全国劳动模范称号，邀请他到北京参加国庆观礼，党和国家领导人毛泽东、周恩来分别接见了他。那种荣耀更是永世难忘。接着，《人民日报》的一篇有关他的长篇报道更是把他推到了巅峰。文章称他为“中国的保尔·柯察金”。

他的名字从此与这位苏联小说中的英雄联系在一起。

后来，他作为军工事业的开拓者担任了中南兵工局副局长、机械科学研究院副总工程师、五机部科学研究院副院长……

可伤痛的折磨让他苦不堪言。医生给他开止痛的“待可因”，他不吃，他说：“待可因”里有吗啡，常服用就会上瘾，那就成了废人啦。可疼起来的时候难受，他就忍不住发火，动不动就训人。有人不理解，说这个英雄长脾气了！其实，事后他心里也过意不去，以后只好一遇伤痛就把自己反锁在办公室里，少见人。可别人又有说的了，说一个人关在屋子里，在搞什么鬼？

真是英雄也有落难时，对党忠心耿耿的他，最终成了可随时被人拉出去揪斗的“黑帮”，可任意遭人批判的“反动技术权威”。为党做了这么多工作，甚至差点连命也搭进去了，怎么一转眼却成了党的“敌人”？可那是个荒唐的时代，连国家领导人也难以幸免，何况他。他想起邓拓，一个对党多么真诚的人。1945年开始主编《毛泽东选集》，还担任过《人民日报》的主编，是个对党忠心不二的“笔杆子”，几年前，却与吴晗、廖沫沙三个人一起，被诬为“三家村”反党集团成员，最后含冤而死。一个在上世纪三十年代党最危难的时候加入组织的人，最后会结成反党集团？打死也不会相信。可现在，邓拓去了另外一个世界，而自己与他也脱不了干系。“罪证”是在一次抄家时，翻出了他请邓拓题写的毛主席诗词，他于是成了“黑帮”。

后来，不断有人给他“抹黑”，最多时给他扣上了14顶黑“帽子”。连他的书《把一切献给党》也成了罪证，说是为自己树碑立传。他们想从书里找出吴运铎的“三反”言行,质问:“为什么书中把见到斯大林一事删掉?”“为什么书里没有一条毛主席语录,是不是反对毛主席?”……他只能用悲愤的眼睛注视着这一切,心情如同翻江之水。他想大声疾呼,可声音是如此微弱。

他是个死过几回的人了,痛苦可以换来荣誉和天降的“大任”,但荣誉和“大任”又可换来新的痛苦,这是一种精神的折磨,甚至比肉体上的痛苦更难以忍受。也许这是一个英雄的必然遭遇,历史上有多人受过这种磨难。也许,能够闯过这道关的才是真英雄。

五

总算挨到重见天日的日子。

1978 年,他重新回到了北京,重新回到他的熟悉的研究院,这已经是粉碎“四人帮”一年半之后,60 岁的他终于得以平反昭雪。这时,他 1.78 米的个头,体重只剩下 42 公斤。回到北京的那天,妻子陆平抱着瘦得只剩下一把骨头的丈夫,忍不住眼泪“哗哗”直流。他端详着眼前这位男人,32 年前的那个除夕如同一梦,她和他在战火纷飞的年代结为伉俪,从此后无数次地为他担惊受怕,她知道,每次拆卸炮弹,这都是与死神相搏啊!一年多后,当她目睹血肉模糊的丈夫被人从实验场搬回医院的时候,那骇人的情景真是永世难忘。

而这个几多回死里逃生的人,此刻一脸的庄重。10 年了,从 50 岁到 60 岁,如金的岁月已经无可挽回地流逝。10 年,本可做多少利国利民的事,可这一切都化为了云烟。

但他仍有种绝地逢生的感觉。他对妻子说——又好像是喃喃自语:“该要快点补上现代军工这一课了。”

因为长期的精神和疾病折磨,全身伤病的他终究不能在军工一线工作了。但他离休后仍然应邀担任了京、津、沪多所工读学校的名誉校长;还担任了多所中小学的校外辅导员。作为共产党军工事业的实践者,他想用他的余生,继续为后代们讲述一段段永远难以忘怀的故事,他的心灵也因此得到一种满足……

听他的妻子说,1984 年国庆节,邓小平在天安门广场阅兵,她推着坐在轮椅上的吴运铎一同观看阅兵。看着我军现代化的武器装备一列接着一列从眼前驶过,他的眼眶里突然噙满了泪水。军工,这个维系着他所有梦想所有心血的事业,这个与强军强国息息相关的工作,任何时候都会令他的血液燃烧、沸腾起来。

1991 年年初,我应中共萍乡市委组织部的邀请,撰写了一部反映安源煤矿党员感人事迹的电视片脚本,定名为《安源山的脊梁》。拍摄完成后,编导们都说应该请一位在生的安源革命老前辈题写片名,自然就想到了吴运铎。可是,当编导们去到北京找到他时,他已经躺在医院的病床上了。好在,当他听说是来自安源老家的人,似乎突然间来了精神,一下坐了起来,对守候在病床边的妻子说:"家乡来人,快让他们进来!"得知来意后,他竟爽然答应:"这个片子有意义,名字也好,我题!"

这时,他哪里像是个重病住院的人?

第二天上午,当他把"安源山脊梁"这几个粗犷苍劲的毛笔字递到编导们手上的时候,从他的闪烁的眼神里,我们似乎看到了什么。在回忆值得回忆的往事?在期待所期待的魂?

谁能想到,几个月后便从北京传来噩耗。这是 1991 年的 5 月 2 日,他在医院病逝,终年 74 岁。干枯的躯体燃尽了最后一星火光,一个不平凡生命从此戛然而止。

他死后安葬于北京。有一篇怀念文章这样记述:"他的墓位于北京市门头沟区万佛华侨陵园内,墓前有一块一人多高的不规则青石碑,镶嵌着一尊古铜色的头像:蓬乱的头发,瘦削的双颊,低垂的双眼,深锁的浓眉……"

我曾经看到过这座墓碑的图片,的确如此。

山里,一座墓地的传说

一

你可以去构想80多年前的这个情景:阴冷的冬季,天空一片灰暗,寒风卷起乱草在脚下飞舞,这是南方特有的冬季。

天色渐暗。密密的竹林里钻出一个农民模样的汉子,目光机警,正巡视着周围。看看昏暗的天空,他一定是想找个可靠的地方歇息。不远处有一座茅屋,他决定朝那个方向走。然而,就这一走,他走进了灾难。

几个持枪的团防兵逼住了他,几支汉阳造闪着乌黑的光。他刚跑出几步,一颗子弹就击中了他的腿,脚一软,他扑倒在了地上。

接着是一连串的严刑拷打。虎狼般的嗥叫里,皮鞭在汉子身上起落,赤裸的上身已经留下无数纵横交错的血痕,嘴角和鼻孔都流着血,只有愤怒、仇恨的眼睛迸射出能叫魔鬼发怵的火焰。

或许就是第二天,他被几个团防兵押赴到一个空旷的乱草地上。谁也说不清他临刑前是否说过什么惊心动魄的话,只是随着刀光一闪,他便倒地荒草中了。身首异处,血顺着坡地流了很远……

乡亲们说，被杀的是一个红军。

惨烈的一幕发生在萍乡一个名叫坑背的山村，一座名叫刀背岭的山脚下。

二

谁也不认识这个红军。

然而，荒草地上流淌的血却似乎烫得农民的心发痛。1926、1927 年，以刘型为首的共产党人在这一带建立过苏维埃政权，还成立了农民赤卫队，那年春夏之交的时候，许多闹革命的人都遭了杀害，走出去的人不少成了红军。

红军，这两个字就像一缕阳光照在农民心上。

眼睁睁看着一个红军倒在荒草地上，好像倒下的不是别人，是自己的兄弟和儿子，那乱草抚摸着的身子该有多冷，那寒风摧残着的灵魂该有多孤寂啊！

于是，就有几个汉子聚在一起，神色里透露出一种壮烈感。战士的灵魂正在等待他们的抚慰。

可以想象那是一个多么神秘骇人的夜晚：没有星星，也没有月亮，寒风把山上的树和乱草吹得飒飒作响。几个黑影闪过田野，闪过山坳，幽灵似地摸索到红军的遗体边。背起早已经僵硬的尸体，拼命地往山上跑。黑暗中，他们来到了刀背岭的最高处。山顶上，已有他们为受难者挖掘好的墓穴。

一座新坟出现在这里，没有墓碑，没有花圈，也没有招魂幡。一个汉子掏出火柴，点燃三炷香火插在墓前。汉子们慢慢跪下，两手撑地，低着头，用一种极其简单的丧葬仪式，祈祷一个灵魂的安宁……

这是一个真实的故事。而为这座坟真正立碑，落下“红军墓”三个字，却是新中国成立以后的事了。

三

又是寒冬。

一声凄厉的哭叫震撼了这座四面环山的小村庄。这是一种极为痛苦的呼喊,令人心寒的嘶叫。

嘶叫声传自一个农民的家里。旧式的木床上,农人的妻子脸色煞白,头发蓬乱,正蜷缩在床上痛苦地发抖,她剧烈的腹痛已有几个时辰了。也不知得的什么病,老实巴交的丈夫眼睁睁地看着妻子,除了流泪,束手无策。山村缺医少药,去乡里医院至少也要走两个小时,连求神拜佛都不方便,到最近的麻姑庵也要走很远。

求医无路,求神无门。正当他万般无奈之时,眼前突然闪过一道灵光:求红军去,到红军墓求红军去!

这是绝望时的一线亮光。想到此,他抓起一把茶叶,带上几根香火,没命地朝山上跑去。来到红军墓前,他“扑通”一声跪下,声泪俱下地向红军的英灵哭诉,求英灵能像别的菩萨一样,下点神药在茶叶里,带回去救救他的妻子。

从匍匐在地的农民汉子那满身的泥土上,从求拜时的颤抖的声音里,我可以想象到那种宗教式的肃穆和虔诚。一种默契,一种感召,在这里变得真实,清晰。

奇迹果然发生了:当农民汉子把祭拜过的茶叶包好奔回家,用这些茶叶泡水喂给妻子吃后,妻子安静地睡下了。一觉醒来,她竟觉得一身轻松,下了床,吃了饭,然后去铡那还没有铡完的薯藤。

这是流传在村子里的一个传说,不论这位农人求药的故事带有多大的偶然性,村民们从来都没有去怀疑过它的真实。无形的光环开始在红军墓前闪烁起来。村里人一传十,十传百,把红军墓里的英雄奉为新的神灵。一个新的神位在他们心里构筑，同观世音、关帝、彭祖、龙王等等民间供奉的菩萨一样，红军墓旁，从此有了不断的香火和虔诚的信徒。村里人要到山外赶集或办事，路过这里，都要打个卦问问平安。通往红军墓的这条弯弯曲曲的山路，因此而显得神圣，烘托红军墓的刀背岭也因此有了十二分的肃穆和庄严。

四

此刻，红军墓静静地立在我的身边。

黄土一堆，极其简陋的墓地，除了“红军墓”三个字格外鲜红，其他与普通墓葬没有什么两样。山风吹拂着墓前缭绕的香火。刚刚烧过的纸钱灰在风里飞动起来。我是一个无神论者，听完村长讲的这个故事，却令我激动不已。面对无名墓地，神秘中升腾起一种崇敬。

一对简陋的用来占卜的竹卦正静静地搁在这里，这两片被当地农民摸过一千次一万次的竹卦，已经油黑发亮，似乎包藏了无穷的神谕。

我想，农民们塑造的心目中的神，有他们的准则：神一定是普救众生的英雄，是为天下百姓献身的人。我庆幸，这位蒙难的红军战士得到了人们至高无上的崇敬，一种发自内心的别人无法剥夺的崇拜。我也因此而看到正义的永恒的胜利。其实，谁也不知道这位烈士的姓名，只知道他是红军中的一员，他是为劳苦大众而死。无名，在此时反成了一种境界：因为无名，才更显得圣洁纯净、无懈可击；因为无名，才涵盖了更多的想象；因为无名，才能永生。

我默默地为无名烈士祈祷。

安源之秋

从网上看到一则消息:大型油画《毛主席去安源》官司一审尘埃落定。这是一桩历时四年的诉讼,油画的作者,已经退休在家的北京画院原院长刘春华在三起官司中赢得了两场。宣判后,他一脸轻松。

这是一幅在20世纪60年代的中国曾掀起过狂潮的油画,以印刷量9亿份的天文数字,创造了红色油画的超级神话。在这幅画里,年轻的毛泽东身穿半旧的蓝布长衫,臂夹红油布伞朝安源走来。天上涌动的风云、远景起伏的镀金群山,无不陪衬着这个伟人,具有明显的象征意义,红色现代主义的美学原则得以充分体现。

我沉浸在油画所创造的意境里。从作者所渲染的氛围中可以看出,画中所描绘的正是一个秋天。作者如此看重安源的这个季节,说明他的心已经真正进入到了历史深处。

我住的地方离安源只有10里地,我知道,坐落在江南的这座煤矿隐藏着许多传奇。政治家、历史学家、经济学家和文学家们,怀着各自不同的愿望,都想从中发掘一些什么。他们走过灰蒙蒙的地面和黑得发亮的煤堆,去重温一个伟大的旧梦。

而我总会想起秋天，油画中浓墨重彩的那个季节。秋天，与安源似乎有种难以割舍的情结。

在安源，只要提起秋天，心里就平添一种激动。就会想起诸如“多事之秋”、“存亡危急之秋”等话语。安源之秋，发生了太多太多的故事，不管从那个角度去解读安源，我们总会落到秋天这个令人想象的季节。

一个落叶萧萧的秋天，20 多岁的毛泽东以探矿者和播火者的姿态来到安源。他是满怀着职业革命家的激情深入总平巷的，他惊喜地发现，他的革命思想在矿工们的身上找到了切入点。这是一个多么丰富而诱人的革命宝藏！他在此找到了腐朽世界的掘墓人。

就从这个秋天开始，江南的这座大矿开始躁动起来。资本家们所雇用的 17000 多工人，不知不觉受到了无产阶级领袖人物的启蒙和召唤，找到了作为人的真正价值。他们从为捍卫自己的利益而战，到为拯救世界而战；从不自觉到自觉，最终成了共产党人精心打造的一支革命队伍，成为中国共产党的中坚。

于是，才有了 1922 年秋天一呼而起的罢工浪潮，才有了 1927 年秋收起义的惊天风暴。正是在一个个秋天，这支队伍完成了一次又一次精神的洗礼。

这场发生在秋天的起义，是一次决定中国命运的革命。他与南昌八一起义相比，有着更为不同寻常的意义。试想，如果没有安源路矿工人运动的成功，秋收起义就缺少了一支有工人参加的富有战斗力的队伍；假如没有这支队伍，就没有工农革命军向罗霄山脉中段的进军，也就没有井冈山斗争的伟大创举。如果没有秋收起义，中国民主革命的胜利可能要在黑暗中摸索更久。

这就是历史赋予安源的意义。

在安源，有个村庄叫张家湾，它的本名叫水浒庙，这很容易让人想起水泊梁山的故事。这里，一栋砖木结构的两层楼房，成为秋收起义军事会议旧址。我站在这里想象着78年前那个闷热难禁的秋季,从东北端的楼房里传出的神秘而坚定的湖南口音,他让安源这个秋天变得如此壮烈。

历史以他的必然性和偶然性在演绎着一切。

秋天的安源,于是有了许多令人怀念的往事。

1923年,在湖南长沙毛泽东和杨开慧的家里,刚刚从莫斯科回来的刘少奇与何葆贞相识。这年秋天,在毛泽东的推荐下,他们双双来到安源开展工人运动。并在这里相爱、结婚。几颗糖果,一杯清茶,洞房花烛夜,何葆贞身穿的是一件白色长褂(在雨花台纪念馆里,还收藏着这件白色长褂)。刘少奇一生转战南北,却对这块他最初的革命实践地情有独钟。

秋天,是安源人扬眉吐气的季节,斗志昂扬的季节,欣喜若狂的季节,也是含泪带血的季节。1925年发生在安源的"九月惨案",让秋天变得凄凉。反动势力在一个深秋的夜晚,摧残了中国的这个"小莫斯科"。时任俱乐部主任的黄静源就在他工作过的大楼前,被枪杀在血泊里……

正是有了先烈们的血,安源才从黑里透出红来。作为中国共产党早期革命的试验地,他的创造实在令人起敬:中国产业工人的第一个党支部在这里诞生;中国共产党的第一个经济组织——安源路矿工人消费合作社在这里兴办;中国共产党第一所基层学校、夜校、工人枝校在这里开办;中国第一支少年儿童团在这里成立……安源,以他的非凡来显示其价值。

坐落在安源的盛公祠在秋风中耸立着,这座德国式建筑让人想起晚清洋务派领头人物盛宣怀。100多年前,盛宣怀以他的胆略和气魄创造了这座江南第一大煤矿,与汉阳铁厂和大冶铁矿一起,成为中国近代最早、最大的联合企业,是中国民族工业的骄傲。然而他也许根本没有想到,他无意中为中国革命留下了一块宝地,为共产党留下了一块圣地。

秋乃百谷成熟之时。耀眼的、让人感慨的安源之秋,自然让人想起新中国成立时的那个季节,那个天高云淡的金秋……

贴近于火的感怀

在天地之间,火,如同一个飘忽不定的幽灵,在空间每一个角落存在着。当沉静的时候,它是一块石头,一块煤,或是一根木柴。当醒来的时候,它是足以席卷乾坤的烈焰,是足以让山崩海裂的巨浪,是足以让人类欢呼的骄子。

让火焰的光芒楔入人类的心灵,照耀生命,这是播火者的初衷。这当然不仅指物质之火。而是另外一种能够让人类走向光明和幸福之火。这是播火者的理想。被火点燃的生命炽热而顽强,热烈而奔放,无私而无畏。于是,我想起安源,想起一座已开挖一百多年的煤矿,想起曾经来此寻找燃点的人。

27 岁的毛泽东最早以职业革命家的锐利目光发现了安源。他作为长沙共产主义小组的发起人,1920 年 11 月就曾来到萍乡做社会调查,这期间,一座离县城只有 10 里的煤矿就进入了他的内心。这里蕴藏着足可燃起冲天大火的煤,也聚集着一万多挖煤的人。毛泽东时任中国劳动组合书记部湖南分部主任,他想借这火点亮一个新世界,他试图让劳动者当家做主。

第二年秋天,他以湖南第一师范附属小学主事的身份来到安源,从此,安源便成为他早期革命的试验地。随后，他又先后派来了李立三和刘少奇。一个侠骨忠肠，一个略显文静，他们都是革命的启蒙者和发动者。可以说，在安源的经历为他们未来的斗争提供了智慧。除此以外，先后曾在安源从事革命活动的，还有陈潭秋、林育英、李求实、毛泽民、蒋先云、萧劲光，还有蔡和森、恽代英、夏明翰、彭德怀、黄公略……这些在中国近现代史上熠熠发光的名字，都与安源有关。

点火者是怀抱理想的人，受火者是渴望自由、渴望幸福的人。今天，走进这所仍然保存完好的路矿工人补习夜校，走进仿莫斯科大剧院风格建造的安源路矿工人俱乐部，走进至今还在使用的安源最古老的煤巷总平巷，我总是能够听见点火者发出的声音。在每一张简易的木桌旁，在每一道楼柱前，在每一块煤和发着黝黑光亮的煤镐中……许多播火者的故事在这里流传。火焰般美好的希望潜移默化地渗透到了劳动者的血液里，曾经冷却的血就这样燃烧起来。

整个安源就如同一个风火轮朝着黑暗世界急速地向前滚动。

火，常与“毁灭”二字相连，其实，安源的工人运动一开始烧的却是“文火”。从史料中可以得到这样的印象。由刘少奇担任主任的安源路矿工人俱乐部，以工人代言人的姿态，既与资方进行着有理有节的斗争，也与矿局进行必要的沟通。他们并不是要毁灭这个工人赖以生存的煤矿，而是要求得到一种平等的地位和生存的权利。从苦心经营的工人补习夜校，从创办的中国首家属于工人自己的消费合作社和发行的第一张股票，就可以看出领袖者们的一番苦心。

事过几十年，当追溯起这一段历史，我们很容易发现，安源的播火种者们是激昂的，但绝不是盲动激进的，他们以理智的行动呵护着工人和这块热土。正因为如此，安源才成为革命低潮时期硕果仅存的中国的“小莫斯科”。

只是在20世纪初，这个世界有太多的污浊和腐朽。统治者们根本不能容忍处于社会底层的工农与其平起平坐，也根本不能容忍共产党这个新型的政党进入国家机器。于是就有了血腥的"四一二"反革命政变,也就有了发生在之后的八一起义和秋收暴动;也就有了持续多年的国内革命战争;才有了"枪杆子里面出政权"这个重大的历史命题。

火,有时像不受羁绊的风,当它轰然而起的时候,甚至如脱缰之野马,狂奔不知方向。只是被风掀动着、鼓动着、翻腾着,只是奋不顾身地向黑暗、向朽木而去。当以安源工人为主体的秋收起义军,以火的炽烈奔向狂飙时,就如同这种状态。当时,起义队伍豪气冲天,攻城略地,甚至准备攻打长沙省城。这种在短时间内完成革命的渴望,在强大的敌人面前遭受了挫折。这时,烈火需要有能人引导,以使其不被暴风骤雨熄灭。战友的血让革命者清醒过来。

火找到了自己的襁褓,这就是位于罗霄山脉的井冈山;找到了自己赖以生存的滋生地,这就是中国广阔的农村。火在那里存活、扩散,并最终燃烧了整个旧中国。而这个引导者和决策者,也是青年毛泽东。

如今,当我们谈论人民军队的创立时,都十分看重由毛泽东亲自创立的秋收起义队伍所点起的燎原烈火。在中国革命的几十年的浴血奋战中,圣地安源输送了强大的力量,作出了巨大的牺牲。据初步统计,整个萍乡英名在册的烈士就有近8000人。在交织着血与火的岁月里,随处都可以看到安源人奋勇当先、赴汤蹈火的身影。

因为有了火,安源曾经成为一座革命的大熔炉,冶炼着安源工人的意志。并由此打磨出一批又一批可以叱咤风云的人物,他们最终成了共产党的高级将领和党的高级干部。说起这些名字,如雷贯耳:被授予上将军衔的杨得志,被授予中将军衔的刘先胜、晏福生,唐延杰、韩伟、丁秋生,被授予少将军衔的黄耀南、吴烈、罗华生、罗桂华、幸元林、熊飞,还有孔原、吴运铎等等,从安源走出去的共和国将军,就有几十名。

每次走近安源,总感觉有火的灼热扑面而来。这股燃自上世纪初叶的火,至今仍在激励着人们的灵魂。9月的安源,牛形山上空,秋日灿烂的霞光如升腾之火。而在它的正面,有一座高大的德式风格的建筑,名为盛公祠。这是为纪念洋务中坚、中国近代工业之祖、同时也是安源煤矿的开办者盛宣怀而建造。这座傲然耸立的大楼,被誉之为中国近代工业的"圣殿"。

走近它,正是夕阳西下的时候,赤红的火烧云聚集在大楼的顶端,这似乎是一种象征。

一百多年前,盛宣怀果断决策,开始在安源采用大规模机械化开采,以供汉阳铁厂急用,并组成当时亚洲最大的钢铁联合企业汉冶萍公司。其初衷是"实业救国",以挽救日薄西山的晚清政府。可盛宣怀和晚清皇帝们万万没有想到,这座煤矿不但未能挽救清廷,反而加速了它的灭亡。发生在1906年的作为辛亥革命前声的萍浏醴起义,曾震惊全国,而这支队伍的主力,就是安源煤矿的"炭古佬"。翻开安源革命史,不正是有了洋务派所造就的"地火",才成就了中国共产党的大事业么?

写此文时,又是一个秋天。有关安源的记忆总是与秋有缘。这是历史的巧合,还是安源的内在之意?一个"秋"字离不开"火"的组合,安源天地之间因为有了火的贯通,才使人们对这块圣地更有种难以释怀的敬意。

古人称火为"阳之精",燃烧的物质最后以自己化为灰烬而终结,却给人以崇高的想象。火,可烛照一方心灵,也可普照万物世界。可纵横山野,可呼啸九天,让人类在黑暗里不再孤独,在寒冷中不再悲凉。虽然,火会灼伤人,但美丽的火焰永远是人们渴望的境界。

生命中总期待有能够点燃激情的星火。

请赐我以火焰……

黑地里飘扬的红领巾

你可以想象,在一片黑沉沉的土地上,蓦然闪现的一束闪电似的红色,是多么美丽和让人诧异。那光,可以让一片沉寂很多年的土地突然生动起来,虽然离百年前的那个时代渐行渐远,却总能撩动人们的心。

实际上,这不是一束光,那是一条红色的领巾。

几十年过去,少年时的红领巾情结本已成遥远的记忆。但近些天这片耀眼的红云又在脑子里窜动起来。这缘于一个约稿:有个演出团体一定要我参与一个以安源儿童团为题材的大型舞剧文学脚本的创作,我因此再次走近了这条早已成为人们记忆的红领巾。

如同一个传说,一首童谣,在诉说20世纪20年代初那段无法抹去的红色往事。

那是赣西一个叫萍乡的地方,一百多年来,这里有一座煤矿,属江南第一大煤矿,这就是安源煤矿,有一万多工人在此挖煤谋生。煤的沉重的黑色成了这个地方的基本色。令我惊讶的是,这条曾令我少年时激动不已的红领巾,竟与身边这块土地贴得如此之近,甚至可以说,它是在这片土地上孕育而成的。这并非我的结论,共青团中央认定:中国少年先锋队的前身就在安源,安源是红领巾的摇篮。

地处赣西的“江南第一大煤矿”,煤的燃烧生成了火焰,火焰是煤的灵魂。煤是集红与黑于一身的最佳物质——这是一种涵义。

还有一种涵义,则是因了历史赋予这里的一段红色传奇。

20世纪20年代初,这块黑色的土地上突然来了一批年青的革命者,他们崇尚红色,旗帜也是红色,信仰和理想均以红色作为象征。他们纷纷来到这里,试图用从马克思、列宁等几个外国人那里借来的火种,点亮一块能够帮他们实现宏大理想的土地。

于是,接下来的故事脍炙人口。

大多数国人都知道毛泽东来安源的历史。20世纪60年代,一幅由青年学生刘春华创作的《毛主席去安源》油画,以数亿张的印数旋风般掀动了中国。只是在那个特殊的时代,人们忽略了这段历史中的另外两个重要人物:李立三和刘少奇。他们经毛泽东的介绍先后来到安源,亲手创造了一个又一个动人的传奇。

李立三(当时的名字叫李能至)是以教师的合法身份,由湖南平民教育促进会介绍首先来到安源的,他来的理由无可厚非:推广平民教育。他租借了三间房,首先办夜校,办平民小学,免费招收工人子弟入学。将目光投向那些在黑暗的煤井下拉煤拖的童工,那些捡煤碴的伢子。照他们的话说,这些孩子正承受着生命不可承受之“重”,他们所遭受的黑暗与不公必须得到改变。给孩子一个光明与幸福的童年,就是给人类一个光明与幸福的未来。

由李立三等人编写的《小学国语教科书》,完全体现着一种启发式的教育,孩子们能听懂,也不会感到厌倦。慢慢地,大人们都发现,这些上了平民小学的孩子,好像突然间长大了许多、懂事了许多。他们的眼前豁然开朗:哦,世界原来是这样的,人的命运是可以靠双手去改变的……

于是,一切都在悄悄改变着。

所以当不久后一面鲜亮的旗帜在他们眼前扬起时,孩子们拥抱了它。

这面旗帜上写着五个他们刚刚认识的大字:安源儿童团。时为1922年的4月间,这一特殊的年份后来被写入了中国少年先锋队的历史。这个被称之为中国共产党领导下的最早的儿童团组织,开始只有7个孩子,不久就发展到几十个团员,几年后已经有了数百个团员。

我原以为,这个叫儿童团的组织不过是个松散的团体,其实不然。安源儿童团还有一个名字:安源劳动童子军。是完全参照国外为培养青少年成为快乐健康有用的公民所采取的一种形式。在安源路矿工会教育股编写的《小学国语教科书》中,就这样写道:“童子军的编制,九个人算一队,两队算一团。每队有个队长,每团有个团长,团长上面,更设立一个总团长带领……”由此可见,这是个机构严密,纪律严明的少年团体。

更让我惊讶的是,安源儿童团还有属于自己的条规。

以李立三为主任的路矿工人俱乐部要把他们训练成为有文化、有责任感、独立有作有为的人,他们为儿童团制定出十二条规。九十多年过去,安源少年们每天必须诵读的断断续续的声音,总会在我的耳进响起,这十二条规字字入心:一要诚实不虚假;二要出力尽忠;三要帮扶人;四要和人亲爱;五要重礼节;六要爱惜一切生命;七要服从;八要常常快活;九要省俭;十要勇往敢做;十一要清整高尚;十二要重公德。

质朴,诚实,言简字赅。我由此想像,条规从一群曾经只知卖苦力的童工和整天游荡在煤矿的野伢子的嘴里说出,会是一番怎样的感受。

而那条飘扬的红领巾,则以一种象征在昭示着什么。

在“中国少年儿童运动安源纪念馆”内,陈列的一条血红色的布带总能牵动人们的心。这是一根长90厘米、宽6厘米两头呈三角形的红色布条,它安静地悬挂在这里,仿佛在诉说着一段惨烈的史实:1925年9月间,反动军阀突然包围了安源路矿工人俱乐部,身为俱乐部副主任的黄静源被逮捕,不久被枪杀于安源。倒地后,身上汩汩流出的鲜血染红了草地和他的白衬衣。据说,有煤矿工人从血衣上撕下一条血染的布带,将它系在一名安源儿童团员的脖子上……

这是中国儿童团的第一条红领巾。

这是一位普通矿工由悲愤而生出的想象。也许受到“红都”莫斯科的启发:苏联刚成立的少先队一开始也没有特殊的标志,在一次接受新队员的大会上,前来参加会议的先进女工把自己的红色三角头巾解下来系在少先队员的颈部,勉励孩子们说:“戴着它,别玷污了它! 它的颜色是同革命烈士的鲜血的颜色是一样的!”故事与安源血染的领巾竟有异曲同工之妙。

于是,煤、火焰、儿童团、染血的领巾……就这样如此紧密地扭在了一起。

在后来的日子里,风雨如磐。安源儿童团员们大都走出了这片黑土地,在中国革命的大洪流中、在枪林弹雨中顽强成长,不少人成了共和国的将军:1955 年被授予军衔的王耀南、吴烈、幸元林、唐延杰,以及中国人民解放军兵工事业的开拓者吴运铎……都是安源儿童团员中的佼佼者。

最早参加安源儿童团的 7 个矿工子弟中,有一个人的经历充满着传奇,这就是新中国成立后曾担任过工程兵副司令员的王耀南。他 1927 年参加秋收起义上了井冈山,后来随红军长征,直到新中国成立。他一生功勋卓著,曾获得二级八一勋章,一级独立自由勋章,一级解放勋章。他有个诱人的名字:“工兵王”,他的一生就是一部中国共产党的工兵史。

稍后两年参加安源儿童团的团员中,吴运铎则成为中国共产党兵工事业的开拓者,被人誉为“枪神”、“中国保尔”。是中国老百姓耳熟能详的英雄,他造枪造弹几度受伤,仍然不下“火线”,他的故事已传为佳话……

如今,中国大地已经有 1.3 亿名少先队员,世界上没有哪个国家拥有如此浩大的少年团体。而安源,作为中国少年先锋队的始发地,那条曾在黑地里飘扬着的染血的布条,宛如赤色的花朵永远开放在人们记忆深处。

后记

在键盘上打完最后一个字，这才稍稍松了一口气。正是夜晚，伫立窗前，远眺夜空下的安源方向，心中顿觉释然。

可以说，这是我写得较为吃力的一本书。因为，对众多历史人物的把握实在不是件容易的事。何况，其中还有几位领袖级的人物，要写好他们非得用十二分的努力。只有从众多的历史资料中，去找出他们的灵魂，去发现新的角度，如此才能下笔。虽然我竭力这样去做了，但仍觉不是一份十分满意的答卷。好在，自古到今，对历史人物的认识都是见仁见智的事，每个作家都可依照自己的理解，用不同的视角去再现他们的身影。

本书笔触所及的都是我内心崇敬的人物。深入他们的灵魂，本身就是一件十分庄重的事。他们的一生，他们的喜怒哀乐，他们生命过程的跌宕起伏，都能够牵动我的心。我写他们过程，就是灵魂接受洗礼的过程。我仿佛与他们同行。正因为如此，这种题材的写作我始终认为是一件很高尚、很有价值的工作。

看来，一些事心里想到了就要认真做起来，坚持做下去就会有结果。人虽不一定立宏图大志，但小志还是得常立的。立了就有个往前的目标，心灵有了个寄托,眼前不远的地方就有一道你渴望寻找的风景。当你找到这片“风景”时,定会有一种喜不自禁的成功感。这也许正是人生一乐吧。

与安源历史有关人和事还有很多,只是囿于手头史料的缺乏和其他各种原因,担心写不好,生怕有辱历史人物的形象,不如留待以后时机成熟了再动笔吧。

书稿付梓时,我刚刚退休。不知不觉自己也已冠上了“花甲”这两个字了,想来多少有些伤感。幸好,有了这本书的完成,权当送给自己的一份慰藉好了。

感谢江西省作家协会对本书的推荐和扶持,感谢省作协副主席江子对我作品的看重和关爱,让我平添了创作的信心和勇气。感谢江西人民出版社大众出版中心主任王一木先生和责任编辑魏如祥先生,感谢他们为本书的编辑出版所付出的心血和劳动。衷心感谢长期以来支持、关心我的创作、支持和关心此书出版的朋友们。

作者

2014. 春